二年六班
的祕密武器

星期三　值日生：謝俊偉

作者序言

這次是二年六班的李琇琇被人家欺負了，而且對方是個大人，已經是班長的炳昌要如何幫忙李琇琇？

「一定要讓他知道我們二年六班的同學不是好欺負的！」炳昌剛開始是信誓旦旦要幫琇琇討回公道。

「我們一定要找出祕密武器。」為了要「進攻」，炳昌想了很久，一直找不到適合的「武器」。

惠敏看到炳昌他們這樣魯莽的行動，也一直很猶豫要不要去跟郭老師報告，一方面擔心炳昌他們闖禍，可是又不想當那個被同學歧視的告密者。

其實讀者們這次在讀《二年六班的祕密武器》時，可以一起想想看，當你是炳昌的同學，面對班上有位小女生被人欺負，你會怎麼做？假如你是一位老師或家長，看到自己的學生遇到不平的事件，你又會如何幫助他們來處理？

相信每個人的答案都不一樣，不過先讓我們來看看剛升上二年六班的同學們，他們會用什麼樣的方法來處理，再跟自己想出來的方法一起比較看看，一塊做腦力激盪吧！

目次

人物介紹

周炳昌：是個非常調皮搗蛋的小男生，他在讀幼稚園時，就是老師頭痛的人物。上了一整年的幼稚園大班，注音符號的前五個還是記不住。每天都在編派理由、動腦筋不去學校、不做功課。上了小學之後，由於校長的理解，以及學校老師的協助，還有同學們之間的情誼，他才慢慢開始喜歡上學。

李琇琇：善良但家裡貧窮的小女孩，喜歡接觸小動物，偷偷養著一隻老鼠阿寶，有著很善良的心，是個爛好人，常常被欺負，內心有些自卑。剛開始會因為沒有飯吃，害怕同學知道她家非常貧窮，也害怕自己跟不上其他同學的求學進度，而躲起來不敢上課。

劉惠敏：愛讀書，總是看別人不順眼，連養的寵物豬看起來都趾高氣昂的模樣。有著簡單俏麗的短髮，看似很兇狠，其實內心是很想交朋友的小朋友。因為家中要求她都要考第一名，所以她不太敢和別人交朋友，一心一意都在讀書。

校長：看起來很像工友的校長，對於學生的意見比老師的意見更加重視，由於自己以前也很不愛讀書，他覺得不愛讀書的小孩其實是正常的，所以才需要教育。對於討厭上課的學生總多了一份包容，也相信他們有他們的好。

郭老師：從一年六班升上二年六班都是由郭玉珠老師擔任級任老師，她是個非常有愛心的老師，娘家和夫家都是大地主，每天開著一輛賓士轎車來上班。對於家境比較不好的同學會特別偏袒，導致其他同學和家長的抗議。

湯榮杰：坐在周炳昌旁邊的同學，他老是愛說髒話，特別是對周炳昌說髒話。湯榮杰很愛讀課外讀物，和說髒話的外表相當不搭。

黃博懷：他喜歡李琇琇，跟她告白卻被拒絕。黃博懷坐在周炳昌的後面，卻老是愛用小小的三角眼斜斜的瞪別人，是個愛瞪人的怪咖。

01 新官上任三把火

自從一年六班升上二年六班之後，經過全班票選，同學們決定每個人輪流一個星期當班長。

「開學這個禮拜只有三天，那要怎麼辦？」當時就有小朋友提出這個疑問，那要由誰來當這三天的班長？

「這個禮拜還是由惠敏當班長，從下個星期一開始，再由同學們輪流。」郭老師當時是這麼說，惠敏也同意。

結果經過抽籤，排好當班長的順序，炳昌是接著惠敏的後面當班長，他非常滿意這個抽籤的安排。

「我一定要當一個好班長，這樣後面的同學就可以把我當成模範，知道好班長該怎麼當。」炳昌非常得意的在心裡頭想著。他當天回家立刻問家人，一個班長要怎麼做才能算是個好班長？

「你這學期當班長嗎？」媽媽好奇的問炳昌。

「媽媽，妳的口氣怎麼充滿了懷疑？」炳昌提出抗議。

「阿嬤絕對相信我的寶貝孫會當上班長。」阿嬤總是對炳昌抱持著超過百分之

兩百的信心。

「因為班長不都是功課好的同學當選的嗎？要不然就是那種乖乖牌！」媽媽笑說這兩種型都不是炳昌。

「時代不同了！」炳昌說媽媽實在是落伍，都不懂現在小朋友才不會這麼老套、沒創意。

「那你們班有什麼新創意選班長？說來聽聽。」媽媽說炳昌會當選班長，二年六班的同學的確很有創意。

「我們班很棒，大家討論了之後，決定要輪流當班長，每個人當一星期。」炳昌得意的解釋。

「哎喲，是真的很棒，這樣就不會老是功課好的同學當班長。」媽媽也覺得這招很妙。

「下個禮拜輪到我當班長。誰能告訴我，如何當個好班長？」炳昌認真的問。

「去問阿公，他在房間整理剪報。」阿嬤建議炳昌。

結果阿公一聽到炳昌問他如何當個班長，阿公就把牆上掛著一把沒有出鞘的刀給拿下來……

「阿公讀書的時候有戰亂，當班長還要衝鋒陷陣殺敵，阿公就是用這把刀來指揮！」說完阿公還拿起那把刀作勢揮了幾下。

「這麼厲害！」炳昌驚訝得張大嘴巴，他不知道阿公讀書的時候還有這樣的豐功偉業。

「當然囉！」阿公繼續揮著他的刀，像是打太極導引一樣的比畫，彷彿回到那個年代一樣。

從阿公的房間走出來後，炳昌自問自答的說：「難道阿公要我拿把刀子去指揮同學？」

炳昌覺得這招太扯了，他又跑去爸爸媽媽的房間問爸爸說：「要怎麼當個好班長？」

「爸爸以前當兵的時候就是班長，你問這個問題就問對人！」爸爸說起他當兵時，只要抓到偷懶的阿兵哥，爸爸就罰他們跑操場，一跑就是二十圈，每個人就都乖乖聽他的。

「跑操場？」炳昌說這年頭從來沒看過有人在學校被罰跑操場的。

當兵的話匣子一被打開，爸爸非常熱切的跟炳昌說著他當兵的許多趣聞，讓炳昌聽得一愣一愣的，聽完後他又跑去問媽媽……

「你爸爸跟你說這些？」媽媽說爸爸當兵時，好像只是個兵，哪裡有當什麼班長？

「媽媽，你是說爸爸騙我？」炳昌不明白的問媽媽。

「不是啦！」媽媽不好意思的笑笑，她說「騙」這個字是誇張了點，不過男人都很愛說當兵的事，一說就說過頭、有點誇張。

「為什麼會這樣？」炳昌的「為什麼」問題又出來了。

「我也不知道，我又沒當過兵。」媽媽搖搖頭，還說炳昌以後當兵的話，可能就會明白。

「可是，這很難耶！我沒辦法拿刀，也不能要同學去跑操場，阿公和爸爸的招數對我當班長都沒有用！」炳昌覺得小學生的班長真難當，問大人都沒有人可以告訴他標準答案。

炳昌心想，他最喜歡黏著的小東表哥比阿公和爸爸年輕許多，他一定會有比較適合他的好辦法。

「你說要怎麼當好班長？那你問對人了！我大學的時候就是當班代，全班同學愛我愛得不得了。」小東表哥得意洋洋的說。

「你都怎麼做？」炳昌彷彿看到了希望。

「我都拚命辦舞會、辦聯誼，同學們都覺得選我當班代實在是投票投對人了！」小東表哥當場在原地跳起舞來。

「聯誼？什麼是聯誼？」炳昌連「聯誼」兩個字都不知道，小東表哥非常認真的解釋給炳昌聽。

「就是像表姐她們被阿嬤逼著去的相親嗎？」炳昌聽完之後，覺得聯誼根本就是相親大會。

「嗯……這樣說，好像也說得過去。」小東表哥苦笑著說。

「可是小學生辦相親大會，這樣行嗎？」炳昌覺得小東表哥這樣的方法在二年六班也行不通。

「說得也是，小學生好像不用聯誼。」小東表哥也覺得不恰當。

「當小學生的班長真難！都沒有人可以告訴我該怎麼做。」炳昌嘆了好大的一口氣。

炳昌決定要去書店找書來看，就像媽媽做菜要去書店找食譜，或許會有書教小朋友如何當一個好班長。

「找榮杰陪我去，他認得的字比較多。」炳昌這麼想著，後來又覺得不太對，榮杰應該也在想自己要怎麼當班長，兩個人互相抄襲對方當班長的方法，好像不太好。

「我自己去書店好了。」炳昌決定靠自己，他還帶了一本國語字典去書店，想說看到不認識的字就翻字典查。

「小弟弟，你在找什麼？」書店的工讀生看到炳昌坐在地上查字典，跑過來問他有沒有需要幫忙的地方。

「大哥哥，這本字典是自己帶來的，不是你們書店的，你不要擔心。」因為那本字典已經被翻成舊舊的，炳昌怕大哥哥以為是自己弄髒的。

「看得出來這本字典是你帶來的，我只是想問你，有沒有需要我幫忙的地方，你在找什麼書？」大哥哥問炳昌。

「有沒有教小朋友當班長的書？」炳昌問大哥哥。

「當班長？當班長要看書？」大哥哥好奇的問炳昌，而且就他印象所及，應該沒有書教人家如何當班長。

「為什麼沒有，這裡有好多書教人家怎麼當父母，為什麼沒有書教小朋友當個好班長？」炳昌覺得這太奇怪了。

「咦？被你一說好像真的很奇怪，下回遇到出版社的人，我再來反應這個意見。」大哥哥這麼說道。

「大哥哥，你以前有當過班長嗎？」炳昌連書店不認識的工讀生，他都請教對方這個問題。

「有當過啊！」大哥哥點點頭。

「那你都怎麼當？」炳昌睜大了眼睛問道。

「就……就這樣當了！」大哥哥也說不出個所以然。

「什麼是『就……就這樣當了』？」炳昌完全聽不懂。

「就是這樣，沒有啦！也沒有什麼了不起的。」大哥哥這時候開始拿出手帕擦汗了。

「我發現當班長真的很難，都沒有人可以教我們如何當班長，比當董事長還難。」炳昌嘟著嘴唸唸有詞。

「有很多雜誌會教人怎麼當董事長，你要不要看一下？」大哥哥聽到董事長，就想到好幾本商業雜誌。

「這個雜誌我們家好像有。」炳昌看了大哥哥跟他說的雜誌封面，他想到家裡好像有訂。

「那你可以回家看看，跟家人討論。」大哥哥建議炳昌。

結果炳昌回家，從客廳的茶几下面找出幾本大哥哥說的雜誌，他問媽媽說：

「這些雜誌有教人家當董事長嗎？」

媽媽翻了翻說：「沒有直接寫明白，可是教了很多管理的方法，當老闆或當董事長的人知道後可以應用。」

「媽媽跟我說一下，書裡頭說些什麼？」炳昌還看不懂所有的國字，他央求媽媽說幾篇讓他聽。

媽媽唸了之後，她做出一個結論：「反正當老闆要賞罰分明，做得好的員工多加一點薪水和年終獎金就是了。」

「啊！可是班長也沒有辦法加薪水和年終獎金給同學！」炳昌又發現了一個用不上的方法。

「這倒也是真的。」媽媽點點頭。

「當班長比當董事長難好多！有那麼多書和雜誌教他們怎麼做，他們還有薪水和年終獎金可以幫忙他們當董事長。」炳昌說他這才發現，當班長原來是件很不容意的事情。

第二天到學校，炳昌下課時跟博懷和榮杰說：「現在才知道當班長是一件很難的事情。」

「真的，自從知道每個人要輪流當一個禮拜的班長，我都不知道自己要做些什麼？」博懷說他回家也有想到。

「也沒有書教別人如何當班長。」榮杰也有去書店和圖書館找書，還上網找資料，都沒有人好好的告訴別人，如何當個好班長。

「你也有找！」炳昌非常興奮的告訴榮杰，他也有想過去找書來看，可是也沒有找到。

「書店的大哥哥還要我去翻雜誌，可是雜誌只有告訴別人怎麼當老闆，也沒有說當班長的事。」炳昌和榮杰分享這個資訊。

「真的是這樣，大人以前是怎麼當班長的？」榮杰這時候問起這個問題，他實在想不通這點。

「這樣說起來，惠敏非常厲害，她一年級就當班長，我們一直嫌她，可是人家也當了一年的班長。」炳昌像發現新大陸的說道。

「是你一直嫌她，我們沒有這樣。你還一直說她對我們不好，該換你當班長。」博懷提醒著炳昌。

「喔！好像是這樣。」炳昌不好意思的笑笑。

這時候郭老師走了過來，炳昌請郭老師幫幫忙……

「炳昌有什麼問題嗎？」郭老師心想，平常小朋友一看到老師就躲得老遠，今天炳昌是怎麼了？

「郭老師，我可以請問一個問題嗎？」炳昌非常正經的問郭老師。

「你怎麼了？發生什麼事情？」炳昌平常很少如此一板一眼，郭老師被他這麼一問，心裡七上八下的。

「我想問一件很重要的事情。」炳昌更嚴肅的說了。

「重要？到底是怎麼了？」郭老師愈想愈不對勁。

「請問郭老師，妳能不能告訴我，怎樣當個好班長？」炳昌皺著眉頭，一臉很傷腦筋的問郭老師。

「你不是之前還有參加班長競選，你還提出你的政見，不是嗎？」郭老師覺得炳昌的問題很可愛，他既然提出政見，就好好做到他提出的政見就好，這樣就是當班長的辦法了。

「可是，我的政見是不要寫暑假作業、寒假作業，這個禮拜又不用寫這種放假的作業。」炳昌難過的說，早知道他就不要那麼早抽籤抽到當班長，後面一點接近放假時候再當，他就有事情可以做了。

「要是我接近放寒假的時候當班長，我就可以說不要寫寒假作業了。可是……」博懷講到一半就說不下去。

「你偷了我的政見，那是我當班長的政見，被你拿去用了。」炳昌說這太不公平了。

「問題是，我又不會不想寫寒暑假作業，那是你才這樣。」博懷說有些作業，他還滿喜歡寫的，像跟爸爸去採集標本，他就做得很高興。

「當班長怎麼這樣子囉唆？」炳昌雙手一攤，說這真是個苦差事。

「你們這下子應該知道惠敏班長很不錯了吧！」郭老師笑說，很多事情要做了才知道難。

「我以後再也不要隨便亂批評別人，批評好容易，等到自己來做就知道難了！」炳昌說有點對不起惠敏。

「這樣說起來，輪流當班長真的是一件好事，我要建議校長，以後各班都輪流當班長算了，這樣同學也會知道，不是每件事都那麼容易做到。」郭老師覺得這個方法不錯。

「這是真的。」炳昌、榮杰和博懷都同意的點點頭，他們發現說很容易，但是做起來就難了。

02 琇琇的伍佰元

不同於周炳昌和其他幾位男同學一直煩惱著自己該如何當班長，李琇琇則是努力存錢，她希望自己可以在中秋節前夕請同學吃學校對面很有名的「火旺伯餅店」裡最熱賣的月餅蛋糕。

「這一年來，同學們都對我好好，真希望可以請大家吃月餅蛋糕。」琇琇抱著感恩的心情，努力存了快一年的錢，好不容易湊到了伍佰元的零錢，可以買最小尺寸的月餅蛋糕。

「雖然只能買這麼小的月餅蛋糕，至少夠同學們每個人分一小塊，這也是我的一點心意。」琇琇在心裡這麼想著。她在開學第一週的星期四，帶著伍佰元的零錢到巷子口的超商換一張伍佰元。

「不好意思，我沒有要買東西，可是有伍佰元的零錢，可以跟老闆換一張伍佰元的鈔票嗎？」琇琇抱著一個鐵盒，到超商結帳櫃台這麼問。

「當然可以，我們做生意很需要零錢，小妹妹這樣也是幫了我們一個忙。」老闆非常客氣的說。

「那就好，要不然我會很不好意思。」琇琇平常幾乎沒有在這家超商消費過，

她原本有點擔心老闆會覺得她在找店家的麻煩，現在看起來，她的擔心似乎都是多餘的。

「來，小朋友，這是妳的伍佰元！」老闆數清硬幣數量沒問題之後，給琇琇一張伍佰元的紙鈔，琇琇非常珍惜的放進自己的口袋，那個口袋裡面已經先躲了她的寵物老鼠阿寶。

「阿寶，明天星期五一早上學，我就去火旺伯餅店買一個月餅蛋糕，帶到班上給同學吃。」琇琇想到自己也有能力跟同學們分享，她的心裡真的是有說不出的歡欣，也馬上跟寶貝寵物分享這份喜悅。

那張伍佰元紙鈔放進琇琇的口袋，頓時成為阿寶的玩具，阿寶興奮的吱吱叫個不停。

「啊！阿寶，你不可以咬我的伍佰元！」琇琇發現阿寶在紙鈔上咬了個小齒痕，她緊張的拿出鈔票。

「阿寶，你這樣子不乖，如果紙鈔被你咬碎，我就沒有錢去買月餅蛋糕了。」

琇琇唸了阿寶幾句，為了保險起見，她把那張伍佰元放到沒有阿寶的口袋。

第二天上學，琇琇帶著阿寶和伍佰元，到學校對門的火旺伯餅店排隊，阿寶一直不安分的吱吱叫著。

「阿寶，你不要吵，等等到班上分蛋糕，我一定會把我那塊分你吃的。」琇琇想安撫阿寶，可是隊伍這麼長，她自己也排得有點不耐煩。

火旺伯餅店是他們這附近很有名的餅店，最出名的就是月餅蛋糕，本來在火旺伯爸爸的那一輩是以月餅聞名，結果火旺伯接手後，研發出月餅蛋糕，讓客人可以吃到傳統月餅和西洋蛋糕結合的口味，這下子更是聲名大噪，每次只要到中秋節前夕，一定大排長龍，排隊人潮甚至會影響交通。

因為如此，在琇琇的心裡，她好不容易存到伍佰元，來買一個大家都知道很難買到的月餅蛋糕請同學吃，更是顯得她的誠意十足。

「李琇琇，妳在這裡排隊喔？」已經升上六年六班的大眼學長看到琇琇，開心的跟這個小學妹打招呼。

「大眼學長，我在排隊買月餅蛋糕，等等要拿到二年六班請同學們吃。」琇琇很開心的對學長說。

「這麼好？那我們六年六班跟你們班一起上過家政課，我們班也有得吃嗎？」大眼學長笑嘻嘻的問道。

「我只存到伍佰元，好像只能買最小的月餅蛋糕，我們班都有點分不太夠，實在沒有辦法請六年六班的學長姐吃。」琇琇滿臉抱歉的說。

「開玩笑的啦！我們是學長，要吃也是我們班請你們才是，我是跟妳開玩笑的，妳別放在心上喔！」大眼學長促狹的說道。

「學長真是讓我嚇了一跳呢！」琇琇聽了安心一點。

「看起來妳還要排很久，火旺伯餅店只要到中秋節前就是這樣，我媽媽每次都說這家店又貴又要排隊。」大眼學長搖搖頭，要琇琇自己好好排隊，他可要進班上早自習去了。

「這麼多人排隊一定是月餅蛋糕很好吃。」琇琇其實從來沒吃過火旺伯餅店的東西，對她來說，這是她家平常不會消費的奢侈品。

「你們排隊排好一點，不要跑到馬路上，要不然學校會來跟我抗議的。」火旺伯跑出來對排隊的民眾吆喝著。

「真是有夠不客氣，我們排隊還對我們這麼兇！」

「就是嘛！」

「捧著錢來還要受氣。」

隊伍裡面的群眾聽到火旺伯說話的口氣，都說他實在是太跩了，可是也沒辦法，他們家的東西就是好吃又有名，送禮更是很有面子，只好勉為其難的繼續一大早在店門口排隊。

「如果因為買蛋糕晚一點進教室，郭老師應該不會怪我吧？」琇琇有點擔心排隊導致上學遲到。

隊伍慢慢前移，好不容易輪到琇琇，在櫃台的火旺伯粗聲粗氣的問琇琇：「妳要買什麼東西？」

「老闆，我要買最小的月餅蛋糕。」琇琇早就打聽過了，最小尺吋的月餅蛋糕一個

伍佰元，她就存了這麼多錢來。

「好，妳等等，我去拿過來。一個伍佰元。」火旺伯轉身拿了一個小蛋糕到櫃台，又收了琇琇的伍佰元。

「好漂亮的蛋糕。」琇琇的個子正好可以看到櫃台上的蛋糕，她已經開始想像拿給同學這個蛋糕的情景。

「老闆，有電話找你。」這時候餅店的員工說有公司要訂貨，打電話來指名要找老闆。

「煩死人了！一堆人排隊，又一堆人打電話來找。」火旺伯只要一忙起來，脾氣就特別壞。

琇琇和所有排隊的客人都聽到火旺伯接過電話非常大聲的嚷嚷：「你們確定好了再告訴我，我現在沒空聽你這麼囉唆。」然後火旺伯非常不客氣的掛斷電話，嘴裡還不滿意的唸唸有詞。

「做生意這麼不客氣！」

「就自己以為自己大牌。」

「仗著自家的東西好吃，唉。」

排隊的人群又交頭接耳的互相抱怨，直說火旺伯這種個性都不改改，對客人客氣一點才是待客之道吧。

結果火旺伯回來櫃台，拿起桌上的伍佰元，他照著銀行教的作業程序檢查那張伍佰元，不過他看了又看的說……

「小朋友，這張伍佰元是妳給我的嗎？」火旺伯問琇琇。

「是的，是我存了很久的伍佰元。」琇琇點點頭。

「這是一張假鈔耶！」火旺伯氣得要命的說。

「假鈔，為什麼是假鈔？」琇琇完全沒有想到會有這種事。

「這的確是一張假鈔，對著光線看就知道了。」火旺伯好像很不耐煩，在這個忙的時候遇上這種事。

「怎麼會這樣？」琇琇整個人也跟著緊張起來。

「妳有別張伍佰元的嗎？」火旺伯問琇琇。

「我沒有，我只存到這張伍佰元，這是我全部的錢。」琇琇說到這裡，整個人都快哭出來了。

「妳拿這張假鈔給我，我沒辦法賣給妳蛋糕。」火旺伯拒絕把蛋糕裝好給琇琇，還要她離開。

「可是……我只有這張伍佰元耶！」琇琇難過的說。

「那我也沒有辦法，妳拿來的就是假鈔。」火旺伯繃著臉、惡狠狠對琇琇不客氣的說道。

「如果你不能給我蛋糕，可不可以還給我伍佰元？」琇琇現在滿腦筋要保住她存了很久的、唯一的財產。

「你要我還妳伍佰元，是要我還真鈔給妳嗎？」火旺伯聽到琇琇的話，整個人更生氣了。

「我不是這個意思，我是要那張我帶來的伍佰元。」琇琇用求饒的語氣說。

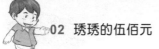

「你要這張妳帶來的伍佰元做什麼？」火旺伯的臉都氣紅了，他兇巴巴的問著琇琇。

「或許可以去別家店買個蛋糕給同學們吃。」琇琇非常小聲的自言自語，沒有排到火旺伯的月餅蛋糕，她只好去別家買個小蛋糕帶到教室。

「妳這個小女生怎麼這麼壞心眼？」火旺伯已經是氣沖沖咆哮的樣子在跟琇琇說話了。

「我怎麼了？」琇琇聽到火旺伯說她壞，她完全不知道事情怎麼會變成這樣？

「妳是說要拿這張假鈔去別家買東西，去騙別的商家嗎？」火旺伯質疑琇琇的動機。

「不是啦！」琇琇緊張得連忙搖手。

「還說不是，你明明就是要跟我要這張假鈔，還說要去買別的蛋糕，真是不安好心眼。」火旺伯愈說愈氣。

「可是那是我存了很久的伍佰元耶！」琇琇心裡頭直喊冤，她其實整個人都很慌亂。

「什麼妳存了很久的伍佰元？就是一張假鈔伍佰元，一點價值都沒有，妳打算用這招白吃白喝嗎？」火旺伯說現在的小孩愈來愈不是樣子，年紀小小的就拿假鈔騙人。

「我不是，我沒有。」琇琇替自己辯駁。

「妳別想我拿假鈔還給妳，這樣是幫妳去騙人，妳做夢！」火旺伯堅持那張假鈔要放在他那裡。

「你這個大人不可以沒收我的伍佰元，那是我的、是我的錢，這樣的話，我就什麼都沒有了。」琇琇現在已經開始掉眼淚了，她有一種深深的被羞辱、絕望的感覺。琇琇邊哭，本能的想抓自己帶來的伍佰元……

「妳敢搶回這張假鈔，我就把妳送到警察局，拿假鈔來買東西的人被警察知道，都要被關起來。」火旺伯瞪著琇琇說。

「那我不是虧了伍佰元嗎？那是我存了很久的錢。」琇琇哭得更大聲了，而且邊哭邊走出火旺伯餅店。

聽到火旺伯說要把她抓到警察局，琇琇真的有點害怕，因為她擔心火旺伯這樣指責她，警察真的會聽大人的話，把她關起來，那麼她就看不到爸爸、媽媽，也再也看不到二年六班可愛的同學了。

「我不要被關起來，我還要上學啦！」琇琇開始嚎啕大哭，但還是往學校的方向走去。

看到琇琇走出店裡，火旺伯還唸了幾句：「果然就是知道這張是假鈔，聽到我說要送她去警察局，就嚇到走出店裡，連伍佰元也不跟我要回去了！果然是騙人來著！」

其他排隊的大人們，因為也搞不清楚狀況，也沒有人會分辨是否為假鈔，再加上火旺伯的氣燄高漲，大家也不想惹他。

「可是那個小女孩哭得很可憐。」有位客人竊竊私語的說。

「你少管啦！」另外跟他一起排隊的人說要他少管事。

就這樣，沒有人知道該怎麼辦，當場有人想跳出來幫忙，可是琇琇已經走進學校裡面……

「或許她去找老師來幫她比較好。」這位想幫忙的客人只好在心裡頭這麼想著。然後繼續耐著性子排隊。

「喂！排隊的人再繼續排進走廊一點，不要排到馬路上去，這樣我會被鄰居抗議。」火旺伯又吼了幾聲。

「還有，你們都給我聽清楚，排隊就好好排隊，不要窸窸窣窣的講話，吵死人了！讓我不能安心做生意。」火旺伯這個早上脾氣真的壞透了。

於是隊伍裡一片鴉雀無聲，是有受不了火旺伯說話口氣的客人就乾脆不排隊，低聲的說：「夠了！我不買總可以吧！」

等到他走出隊伍，火旺伯還罵了一聲：「想買我的月餅蛋糕的客人多的是，我不在乎你這一個。」

其他留在隊伍裡繼續排隊的客人這時候都像馴服的綿羊一樣，吭都不敢吭一聲，只想趕快買到月餅蛋糕走人就是了。

至於走進學校的琇琇，她簡直是傷心欲絕……

「我會不會真的被抓到警察局去？」琇琇害怕的想著。她一個人在校園裡面遊蕩起來。

「怎麼辦？」琇琇整個人都在發抖。

阿寶似乎也能趕受到小主人的緊張，他在琇琇的口袋裡也緊張得到處亂竄，非常焦躁不安。

「阿寶，我們先不要進教室，火旺伯可能真的會叫警察來抓我們兩個。」琇琇對阿寶這麼說。

於是，琇琇就帶著阿寶繞過教室，往學校後門附近的祕密基地走去，她心想：

「火旺伯總不知道我們班的祕密基地吧！這樣我和阿寶比較安全。」

03 竟然有這種事？

「李琇琇，妳怎麼也來祕密基地？」炳昌看到失魂落魄的琇琇來到祕密基地，他和榮杰、博懷都覺得非常奇怪。

「喔！沒事。」琇琇什麼也不敢說。

「妳也跟我們一樣嗎？要來這裡藏東西？」博懷本來就很喜歡琇琇，看到她也來祕密基地，覺得他跟琇琇簡直就是心有靈犀一點通。

「你很煩耶！我們明明在藏東西，你還問別人是不是在跟我們一樣？」炳昌說博懷真是有夠好笑的。

「也不是什麼了不起的事情，就是藏……」博懷還沒有說完就被炳昌、榮杰大聲打斷。

「閉嘴。」榮杰也看不下去了，要博懷少說點。

「那我回教室好了，明天是中秋節，一定有慶祝活動。」琇琇在心裡難過著，本來她可以請同學們吃月餅蛋糕的。

「妳弄錯了，是下個星期六才是中秋節，不是明天。」炳昌說前幾天和阿嬤一起算過，確定是下星期六才是中秋節。

「下個星期六啊？我弄錯了，不過，沒關係，總之也沒我的事囉！」琇琇真的沮喪到了極點。

「琇琇，妳到底怎麼了？是生病嗎？」炳昌看琇琇真的不太對勁，問她需不需要同學陪她去保健室。

「不用，我沒有生病，是心裡難過。」琇琇搖搖頭，又魂不守舍的往教室方向回去。

「琇琇看起來有點失常。」博懷關心的問道。

「她一定是失戀了！」炳昌故意這樣說給博懷聽，博懷氣得掄起拳頭要揍炳昌，榮杰忙著分開這兩個人。

「我們已經長大了，是二年級的學生，下面已經有一年級的學弟妹，這樣很幼稚。」榮杰正經八百的說起炳昌和博懷。

「博懷真沒風度，這樣就要揍我。」炳昌說博懷一點都開不起玩笑，既幼稚又沒有幽默感。

博懷用他招牌的小小三角眼，非常認真的瞪著炳昌……

「好了！我們辦正事要緊，我們要藏的東西都還沒埋好呢！」榮杰說動作要快一點，上課鈴快敲了。

這個星期五是惠敏當班長的最後一天，從下個星期一開始，就輪到炳昌當班長一個星期，炳昌這一整天都坐立難安，他非常認真的想著，從星期五放學鐘聲響起，就正式進入他周炳昌班長的時代！

「噹……」放學鐘聲終於敲了。炳昌飛也似的衝到講台上清了清喉嚨說：「各位同學，從這一分鐘開始，就是我周炳昌當班長的一個禮拜，大家有什麼需要我做的，放假日也可以打電話到我家跟我說，我一定會當一個好班長，幫大家解決問題的……」

炳昌閉著眼睛說了串長篇大論，正講得很陶醉的時候，一睜開眼睛……

「這些不夠義氣的傢伙，竟然都自己放學去了，也不聽聽我周班長在說多重要的話。」炳昌發現在他宣示自己是周班長時，班上同學已經都收拾好書包，走出教室了。

「一點同學愛都沒有。」炳昌邊抱怨著，邊把自己的書包背起來，走出教室、準備放學回家。

「你們今天吃月餅蛋糕一定吃得很快樂吧！」走到校門口，炳昌遇上六年六班的大眼學長。

「什麼月餅蛋糕？中秋節是下個禮拜六，今天為什麼要吃月餅蛋糕？」炳昌不解的問大眼學長。

「可是我今天早上上學時，有遇到你們班的琇琇同學，她在排隊買月餅蛋糕，說要請你們全班吃的啊！」大眼學長覺得奇怪極了。

「真的沒有！我只有看到琇琇非常難過的樣子，沒有看到她拿月餅蛋糕過來。」炳昌說琇琇今天很奇怪。

「早上在火旺伯餅店，她還很高興的跟我打招呼，看起來非常開心。」大眼學長還問炳昌，他們班是只有一位琇琇同學吧！不會兩個人在說的琇琇其實不是同一個人。

「學長，你也真好笑，我們班本來就只有一位琇琇，就是李琇琇同學。」炳昌非常確定琇琇只有一位。

大眼學長跟炳昌說，那他可能要找機會問問琇琇到底怎麼了？，不知道是哪裡發生問題？

「好的！這個星期是我當班長，我一定要做得非常好。」炳昌正好找不到班長可以做的事情，琇琇這件事他一定會去問清楚。

不過炳昌畢竟還是個剛上小學二年級的小男生，他整個周末還是光顧著玩，琇琇的事情，他已經拋到腦後。

到了星期天晚上，他寫完功課到榮杰家玩憤怒鳥，找來博懷一起「對撞」時，看到博懷的臉才想到琇琇。

「啊！我忘記要問琇琇發生了什麼事情？」炳昌這才想起來大眼學長跟他說的一切。

「琇琇的事情？什麼事情？」偏偏博懷又特別注意琇琇，他就逼著炳昌要跟他們說。

結果炳昌說過一遍之後，博懷和榮杰也覺得事有蹊蹺，博懷說：「她那天在祕密基地就很奇怪。」

「榮杰，可不可以借你家的電話打一下，我現在打電話去琇琇家問問看。」炳昌問榮杰和他的阿公、阿嬤，可不可以借電話打一下。

「沒問題的，炳昌不用客氣，要打多久就打多久。」湯阿公要炳昌盡量用，把這裡當自己家。

榮杰還到房間裡找出二年六班的通訊錄，炳昌把電話開成對講機的形式，立刻撥給琇琇。

「請問你找誰？」接起電話的就是琇琇。

「琇琇，我是炳昌啦！現在在榮杰家玩，榮杰和博懷也在我旁邊。」炳昌問起琇琇，星期五那天到底發生什麼事情。

結果琇琇一聽到炳昌的問話，她就在電話那頭嚎啕大哭著說：「我好害怕會被警察抓去關！」

「什麼！被警察抓走？」炳昌一聽這可不得了，她要琇琇不要緊張，他這個班長這就帶著榮杰和博懷去她家幫助她。

「你明天上學才當班長，現在就在逞班長的威風？」博懷說炳昌這個班長也太早當了。

「惠敏當班長到星期五放學的時候，放學鐘聲一敲，就是輪到我當班長了！」炳昌說得振振有詞的。

「哪有人這樣算的？你到底會不會算？」博懷說炳昌的算法真奇怪，兩個人互相槓了起來。

「你們兩個別吵了，李琇琇正在她家等我們去幫助她，我們趕快去吧！」榮杰提醒著兩位像憤怒鳥的同學。

「對耶！」炳昌連忙跟湯阿公、湯阿嬤說再見，跟榮杰、博懷三步併作兩步的跑到李琇琇家。

「你們三個跑這麼快做什麼？」三個小男生在路上遇到劉惠敏，她跟媽媽逛街完正準備回家，竟然遇到自己班上的三位男同學。

「李琇琇發生事情了，她在電話裡面哭得很難過，我當班長的正要去幫助她！」炳昌說得煞有其事的模樣。

雖然惠敏不明白這干班長什麼事情，可是她也跟媽媽說好，跟炳昌他們一起去琇琇家看看。

「到底發生什麼事情了？」等到琇琇開門的炳昌，一見到琇琇劈頭就問她是怎麼了？

可是琇琇哭得傷心極了，連話都說得斷斷續續的。

「琇琇，妳的爸爸媽媽呢？」惠敏問起琇琇。

「他們都去做工，只有我一個人在家裡。」琇琇說道。

「妳不要害怕，到底星期五發生了什麼事情，妳可以跟我說，我周炳昌班長一定會想辦法幫助你。」炳昌煞有其事的說。

於是琇琇邊哭，邊把星期五上學前去火旺伯餅店的事情跟其他四位同學說，她到現在還是害怕得不得了。

「走！我現在就帶著妳去找火旺伯，他怎麼可以欺負我們二年六班的同學。」炳昌一聽非常生氣。

「這麼晚了還要去火旺伯餅店？」惠敏覺得不妥。

「妳不要管這件事，現在是我當班長，琇琇的事情我會幫她的忙。」炳昌很認真的說。

「現在太晚了啦！火旺伯餅店的生意好，只要東西一賣完就關店，有一次我吃晚飯的時候經過他們店門口，他正準備打烊。」榮杰說這時候去火旺伯餅店，說不定門是關上的。

「真的嗎？」炳昌問了問大家，結果榮杰、博懷和惠敏都點頭如搗蒜的跟他說火旺伯餅店就是這麼熱門。

「而且火旺伯本來就超級兇的。」博懷說有一次媽媽去買月餅蛋糕，火旺伯不知道發什麼脾氣，就不肯賣給自己的媽媽。

「可是他不賣就不賣，也不可以沒收琇琇的伍佰元，讓她什麼都沒有。」炳昌很生氣這點。

「琇琇膽子本來就比較小，他還說要送她去警察局，這樣會嚇到琇琇。」惠敏也很捨不得琇琇。

「就是啊！這樣對小孩太差勁了。」炳昌愈說愈氣。

「我們先不要那麼生氣，會不會有誤會？」榮杰出來打圓場，他覺得火旺伯生意那麼好，應該不會貪了琇琇的伍佰元。

「很難說喔！我爸爸說，愈有錢的人就愈愛錢。」博懷聽過自己的爸爸說過類似的話。

「我不管，我現在就要去找火旺伯理論。」炳昌真的當場要從琇琇家出發，立刻去火旺伯餅店。

「別這樣啦！一定關門了，這時候是中秋節前夕，火旺伯說不定還更早關門。」榮杰力勸著炳昌。

「那要怎麼辦？就讓琇琇一個人在家裡害怕嗎？她到現在還哭成這樣。」炳昌問起其他三位同學。

「琇琇，妳是害怕被警察抓去關嗎？」惠敏問起琇琇。

琇琇點點頭說：「火旺伯說我拿假鈔給他，他要把這件事告訴警察，叫警察來抓我。」

「如果妳是擔心這件事，妳大可不用害怕，因為火旺伯最近光是賣月餅蛋糕都來不及了，他沒有時間去警察局找警察。」惠敏說得理所當然，其他人聽了也覺得頗有道理。

「上門買月餅蛋糕的人那麼多，火旺伯光是要應付他們就來不及了，完全沒空去找警察的。」博懷也好聲的安慰琇琇。

「真的嗎？」琇琇在問這話時，眼眶還滾著淚水。

「是真的，如果火旺伯要找警察來，他星期五、星期六還有今天的白天就會帶警察來的，不會等到現在。」榮杰也勸琇琇放寬心。

「那我們到底要怎麼辦？明天上學的時候去找火旺伯？」炳昌問道，他覺得明天上學的時間去剛好順路。

「好啊！我們明天早一點上學，在校門口碰面，再一起陪琇琇去找火旺伯。」博懷建議著。

「同意！」幾個小朋友都附和表示贊成。

「琇琇，妳不用擔心，我明天一定會幫妳幫那張伍佰元給要回來。」炳昌很豪氣的說。

「謝謝你們，那張伍佰元我存了好久。」琇琇很在意那張伍佰元，對她而言，那是筆數目字很大的「財產」。

「其實妳要存那麼久的錢才有那張伍佰元，就留著自己用就好，何必買個月餅蛋糕來請我們，一次就花掉了！」惠敏覺得琇琇沒必要這麼做。

「同學們都對我很好，我真的很想請大家吃珍貴的東西。」琇琇囁嚅的說道，她聽說火旺伯餅店的月餅蛋糕真的很有名，她想用一個月餅蛋糕來表達她的謝意。

「可是最小的月餅蛋糕也很小，班上那麼多同學，也不夠分啊？」炳昌不明白琇琇怎麼會如此做。

「就是想說讓同學們都嚐嚐味道，分一小塊吃就好。」琇琇說她只存到這麼多，再大一點的她也買不起。

「你這個人也真是的，人家的心意最重要，你還嫌蛋糕小。」博懷心想炳昌真是有夠挑剔。

「我不是這個意思！我是想說，琇琇不用這麼麻煩。」炳昌覺得自己真是好心還被誤解。

「這樣也好，反正我們明天去幫琇琇要回那張伍佰元，琇琇就留著自己用，不用浪費。」榮杰說沒買到月餅蛋糕也不錯，正好幫琇琇省下伍佰元，現在就等著他們幫忙拿回來就可以。

「要得回來嗎？」琇琇疑惑的問道。

「當然可以！」炳昌認為自己這個周班長出馬，一定沒有問題的。

04

兇巴巴的火旺伯

炳昌星期天晚上從琇琇家回到自己家裡，他立刻跑到阿公的房間去找他「請教」事情。

「什麼？跟我借這把刀！」阿公不敢相信炳昌竟然要跟他借刀子。

「明天借我一下。」炳昌哀求著阿公。

「這是打算用來當傳家之寶用的，先傳給你爸爸、再由你爸爸傳給你。」阿公不打算這時候把這把刀給炳昌。

「阿公，你好小氣，借我用一下有什麼關係？反正這把刀以後也會給我。」炳昌說阿公有夠小氣的。

「不是小氣，而是你還小，怕危險。」阿公還是反對，說炳昌要玩可以找別的東西玩，千萬不要玩刀。

炳昌怎麼央求阿公，阿公都不肯，炳昌就氣嘟嘟的回到客廳，臉上滿滿的不高興。

「我的寶貝孫，怎麼了？」阿嬤看到炳昌不開心，很緊張的坐過來問炳昌是不是去榮杰家玩得不愉快。

「不是啦！是阿公。」炳昌抓住機會跟阿嬤告狀。

「阿公對你怎麼了？阿嬤替你出氣。」阿嬤要炳昌說說發生什麼事情，她好替炳昌去問阿公。

「阿公那把掛在牆上的刀子不借我用一下。」炳昌跟阿嬤告狀，抱怨阿公真的有夠小氣。

阿公正好也走出來，聽到炳昌的說法，他喊冤的說：「這怎麼可以說是小氣？是保護我的孫子。」

「你要那把刀子做什麼？」阿嬤問炳昌。

「阿公說他以前都拿那把刀子去對付壞人，我想借來保護我和同學，沒有要怎麼樣。」炳昌知道跟大人說話，都要小心一點，不可以說得太「滿」。

「你怎麼知道那把刀子要怎麼用？」阿嬤問炳昌。

「是阿公跟我說的，他還說拿那把刀子對付很多的壞人，還要這樣子用。」炳昌順手把茶几底下的報紙捲起來，當成刀子比畫起來。

「這你要怪誰？就是你自己教炳昌的。」阿嬤非常生氣的望著阿公，說是他自己帶壞孫子。

阿公摸了摸鼻子，自認說錯話，要炳昌不要再動那把刀子的腦筋。

「真是有夠沒意思。」炳昌覺得阿公很沒義氣，自己就跑回房間去。

「既然報紙可以捲成刀子的形狀，我拿厚紙板自己做算了！」炳昌覺得明天一定要帶點東西壯壯自己的聲勢，這才好保護自己和同學。

「沒辦法，誰叫我是班長，就是要考慮到這麼多。」炳昌邊拿著厚紙板邊說。

「看起來有模有樣的。」炳昌用厚紙板剪剪貼貼，又拿彩色筆塗成咖啡色，看起來還真像一把木刀。

「可是，明天這樣拿出去的話，上學的時候一定會被媽媽發現，就慘了。」炳昌想想，一定要先把厚紙板紙刀先送到外面去。

當天晚上，炳昌硬是撐著眼皮不睡覺，確定全家人都睡著後，他才躡手躡腳的走到客廳，把大門打開來……

「先藏在門口盆栽裡面一點的地方，這樣就沒人看見。」炳昌打算上學時再把紙刀給拿出來。

第二天上學，媽媽還沒有叫炳昌起床，炳昌就起個大早，自己把書包放在客廳，開始吃起早餐來。

「今天是什麼好日子？」媽媽不敢置信的看著炳昌。

「這個禮拜是我當班長。」炳昌說當班長的人要有責任感，他要早點到學校。

「你還真的很愛當班長。」媽媽說炳昌當起這種長竟然這麼認真，以後乾脆真的去當總統好了。

「那我吃完了！我要去上學。」炳昌急著要跟榮杰會合，再一起到校門口等其他同學。

「今天你起得早、吃得快，媽媽時間也比較多，我送你上學好了。」媽媽似乎被炳昌的早起鼓勵到，很有興致陪炳昌上學的模樣。

「喔！不不不，不用了！我要自己上學。」炳昌聽到媽媽說要陪他上學，他簡直是嚇壞了。

「你升上二年級以後，我都沒有陪你上學過，以前你讀一年級時，我還常常陪你！」媽媽說時間過得真快，一轉眼炳昌已經從一年級升上了二年級，變化真多。

「媽媽，真的不用啦！」炳昌連忙勸阻媽媽打消這個念頭。

「你的樣子有點奇怪喔？」媽媽開始覺得炳昌不對勁，好像背著她做什麼壞事一樣。

「我怎麼會是做壞事？我是當班長！當班長還要媽媽陪著上學，真的很丟臉。」炳昌像個大人一般的說。

「好吧！你不肯要我陪，就自己上學好了！」媽媽看到炳昌勸阻她的模樣，她也像是被潑了一桶冷水，就打算順炳昌的意。

等到炳昌走出家門，順手把大門「砰」的一聲的關上，媽媽忍不住沮喪的說：「才小學二年級就不讓我陪，我的空巢期快來了！」

一出家門，炳昌拿著紙刀，飛也似的跑去榮杰家巷口等他出來……

「你這是做什麼？」看到榮杰才踏出巷口，炳昌就拿著那本紙刀揮向榮杰，把榮杰嚇了一跳，直問炳昌在做什麼？

「這是我做的紙刀。」炳昌很得意的獻寶。

「做得跟真的一樣，好像一把木刀，一點都看不出來是紙做的。」榮杰覺得炳昌的手真巧。

「當然囉！這是要保護我和同學的。」炳昌很得意的炫耀。

「你怎麼會想做這個？」榮杰問道。

炳昌就把阿公那把真刀的故事跟榮杰說，順道又抱怨了阿公不借他，是一種沒義氣的行為。

「拿著刀子本來就很危險，但紙刀不會，還很炫。」榮杰也對炳昌自己做的紙刀讚不絕口，還一直拿來比畫。

「很酷吧！」炳昌看自己做的刀子愈看愈得意。

「真的，超炫的，一定可以唬人。」榮杰玩得開心極了。

「反正只是要嚇嚇別人，紙做的就成了。」炳昌又從榮杰的手中拿回紙刀，自己在路上邊走邊玩。

到了校門口，琇琇、惠敏和博懷都等在那裡了……

「你帶這個來做什麼？這很嚇人耶！」惠敏也以為炳昌拿來一把木刀，直覺這樣很不妥。

「紙做的啦！不會真的砍到別人。」炳昌笑著直說，他現在只要有人誤以為真刀，他就得意的很。

「真的是紙做的。」惠敏發現那是厚紙板做成的，也覺得相當稀奇，拿在手上把玩了一下。

「那走吧！我們一起去火旺伯的店。」炳昌吆喝著大家。

「可是火旺伯的店已經有人在排隊了。」博懷說一來到校門口，竟然有人比他還早到火旺伯的店門口排隊買月餅蛋糕。

「那我們就直接走進去找火旺伯好了！」炳昌打算這樣做。

「不好吧！」博懷覺得不妥，其他幾位同學也不贊成，他們決定跟著排隊買月餅蛋糕的隊伍排隊，排到他們再跟火旺伯理論。

「這樣要排多久？」炳昌很沒耐性，他說這種排法，他就來不及到班上去維持秩序。

「還好啦！我們這麼早來學校，一定來得及趕上早自習。」博懷覺得時間一定夠的。

「好吧、好吧！就排隊等火旺伯好了。」炳昌勉強同意，他就拿著自己的紙刀拚命玩。

旁邊排隊的顧客，一直看著炳昌玩那把紙刀，大家都覺得這個小朋友有夠奇怪的，也不明白為什麼一次有五個小朋友在隊伍裡排隊，怎麼看怎麼奇怪。

等到排隊輪到炳昌他們，火旺伯看到琇琇這次竟然和其他四位同學一起來，他的火氣就上來了！

「你們這是在做什麼？小朋友還帶著一把刀來跟我理論？」火旺伯覺得這簡直是世風日下。

「老闆，你為什麼要拿我同學的伍佰元？」炳昌聽到火旺伯這麼一問，他也很生氣。

「什麼我拿你同學的伍佰元？那是一張假鈔。」火旺伯還從抽屜裡找出那張假鈔揮舞著。

「請你把我同學的伍佰元還給她。」炳昌非常認真的說。

「我不要還，這是一張假鈔，我如果還給她，她拿去騙別的店家，我不是造孽嗎？」火旺伯正色的說。

火旺伯在這附近，本來就是以脾氣不好聞名，這下可好，遇上炳昌，簡直是火對上火，兩個人都很生氣。

「我同學存那張伍佰元很不容易，她存了很久，就想來你這裡買個月餅蛋糕請我們全班。」炳昌嚷嚷著。

「現在小孩子真是亂七八糟，又拿假鈔、又拿刀子的，真是孺子不可教也。」火旺伯愈聽愈生氣。

「這把刀是假的，是紙刀。」榮杰意圖解釋。

「這次的刀子是假的，上次的鈔票也是假的，你們就是一群小騙子就是了。」火旺伯根本聽不進任何話。

「大人怎麼可以這麼不講理？」聽到火旺伯這麼說，連惠敏都有點不開心，她覺得自己為什麼要被別人說成騙子。

「你們拿假鈔來買東西本來就是騙子，我有說錯嗎？」火旺伯得理不饒人的繼續說道。

「老闆，你仗著自己是大人就欺負小孩，你才是壞蛋。」炳昌拿著紙刀指著老闆的鼻子說。

老闆本來想要一把抓住那把刀，炳昌順手把刀子縮了回去，讓老闆撲了個空……

「哈哈哈！」炳昌看到老闆的表情，自己笑得可開心了。

「你們是上門來鬧的嗎？」火旺伯做生意已經夠煩躁了，被炳昌他們這麼一鬧，心情更壞。

「請你把我同學的伍佰元還給她，而且請你跟她道歉。」炳昌很認真的對老闆說。

「跟她道歉！我為什麼要跟她道歉？」火旺伯覺得這可奇了，那個小女孩拿張假鈔來，竟然還有男同學來要他跟她道歉。

「你沒有道理不還我同學錢。」炳昌很認真的說。

「憑她拿來的是假鈔，我就有資格扣著。」火旺伯堅持著。

「你好惡劣喔！大人搶小孩子的錢。」炳昌順口這麼說。

「你竟然說我搶你同學的錢？」火旺伯整張臉都漲紅了，像紅面關公一樣，非常嚇人。

「本來就是，拿了人家的錢不給蛋糕，又不把那張錢還給人家，這不是搶錢是什麼？」炳昌也跟著火旺伯的口氣，分貝愈來愈高。

「我真的是要活生生被你們這些小孩給氣死，我生平第一次被人家說搶錢。」火旺伯氣到拿起紙盒直搧他自己散熱。

「你還錢我們就不會說了。」炳昌還是這麼堅持，其他同學們也點點頭附和炳昌的說法。

「我還怕你們這些小鬼不成？」火旺伯說他第一次被人說搶錢，還是這麼小的小鬼，這口氣他實在是吞不下去。

「炳昌，口氣好一點啦！」博懷偷偷拉著炳昌的衣服，要他客氣一點，惠敏也低聲說著同樣的話。

「我如果今天還那張假鈔給你們，我就把我火旺伯餅店的招牌給拆了、做成餅吃下去。」火旺伯堅持不肯還。

「你仗著自己是大人就欺負小孩，好噁心的大人喔！」炳昌還做出一臉噁心、想吐的模樣。

「這些小孩怎麼這麼好笑？」

「搞什麼？鬧太久了吧！」

「我們很多人在排隊耶！」

排隊的隊伍裡，已經有人很不耐煩的鼓譟，他們說自己還要去上班、辦事，請老闆快一點。

老闆就對店裡面的廚房喊著：「有沒有人在？裡面的人給我馬上出來，快一點聽到沒有！」

「老闆，我們在。」出來三、四位餅店的員工，他們對火旺伯畢恭畢敬的，深怕怠慢一樣。

「把這幾個小鬼給我拎到馬路上，我不要看到他們，動作快一點，慢吞吞的是沒吃早餐嗎？」火旺伯吼著。

幾個大人就把炳昌他們五個小朋友給「請」到外面，火旺伯還補上一句：「等等一定會叫警察來抓你們，讓你們知道小孩子是要怎麼守規矩的。」

05 拜訪連鎖超商

就在炳昌他們一行人被火旺伯派人「拎」出店外時，已經戒掉說髒話的榮杰，忍不住說了一連串的髒話，這又被火旺伯聽到了……

火旺伯氣得衝出店裡，跟這群小學生說：「你們回去好好檢討自己，帶假鈔來買東西，聚眾拎著刀子來吵架，被請出門還罵髒話，這是什麼樣子的小學生？回去照照鏡子反省自己。」

「火旺伯真是仗勢欺人，從來沒有看過這麼不講理的大人！」炳昌也跟火旺伯一樣火氣大。

「是不是我真的拿了一張假鈔給火旺伯？」琇琇開始懷疑起自己，也擔心火旺伯真的把自己送到警察局去。

「我才不相信是這樣，一定是火旺伯吞了妳的伍佰元。」炳昌不這麼認為，他覺得火旺伯就算是拿到假鈔，不還給琇琇也說不過去。

「我們先進教室吧！到了教室再來討論該怎麼辦？」惠敏說在馬路上說這起事件也太危險了。

炳昌那把紙刀，在這陣混亂之下被擠得歪七扭八的，炳昌經過垃圾桶便順手給

扔了。

好不容易待到放學時刻，炳昌把早上跟他一起去的同學們都召集起來，他很認真的問大家要不要再去火旺伯那裡？

「為什麼還要去？都已經被趕出來了。」博懷很驚訝炳昌會有這麼「恐怖」的想法。

「而且火旺伯會不會叫警察等在那裡，抓我去警察局。」琇琇說到這裡，害怕再也看不到爸爸、媽媽，馬上哭得不成人樣。

「妳別哭啦！我就是在幫妳想辦法，妳別擔心，我是周炳昌班長，一定會把事情處理好的。」炳昌信誓旦旦的保證。

「對了，琇琇，妳存了很久的錢，應該都是銅板吧？」榮杰突然想起這件事，好奇的問琇琇。

「對呀！」琇琇哭著說道，惠敏拿出衛生紙要幫琇琇擦擦臉。

「那為什麼妳拿給火旺伯的是一張伍佰元鈔票呢？」榮杰說他今天上課的時候一直想到這點。

「我把銅板拿到我家附近的超商，跟老闆換了一張伍佰元的鈔票。」琇琇說帶著一大堆銅板去火旺伯的店不方便，她就先在家旁邊換好鈔票。

「我想也是，因為我也是用小豬存銅板，等到存飽了，阿嬤會幫我換成紙鈔。」榮杰說這跟他想的一樣。

「榮杰，你的意思是說，可能是超商給琇琇一張假鈔嗎？」炳昌突然覺得這好像也是一種可能。

「沒有，我只是懷疑而已，也沒有確定是這樣。」榮杰建議，大家可以去那家超商問問看。

「好啊！我們大家跟琇琇一起去問。」博懷和惠敏都贊成這個方法，或許是大家誤會了火旺伯。

結果到了超商，老闆一下子就認出琇琇：「妳不是那天帶銅板來換伍佰元鈔票的

小朋友嗎？」

「是的，就是我。」琇琇點了點頭。

「今天是有其他的同學也要把銅板換成紙鈔嗎？我們都很歡迎，因為我們本來做生意就要零錢。」老闆非常客氣的說。

「老闆，不是的，我們想請問你一件事，你們這裡給的紙鈔，會不會是假鈔？」炳昌開門見山的問道。

「這是絕對不可能的事。」老闆一口否定。

「為什麼這樣肯定？」惠敏又接著請問老闆。

「我們所有的工作人員都要送到總公司去受訓，其中一項訓練就是辨別假鈔，以防收到客人給我們假鈔。」老闆還把鈔票上的防偽措施大致跟炳昌一行人解釋了一下。

「所以不可能收假鈔，也就不可能給客人假鈔，對吧？」炳昌非常認真的問超商老闆。

「我們是非常有名的連鎖店，不可能發生這種事，一旦有的話，全集團都會蒙上醜聞。」老闆說這件事非同小可，他們小朋友可不能亂說。

走出超商之後，炳昌就振振有詞的說：「那一定是火旺伯自己吞了琇琇的伍佰元，還誣賴她給了假鈔。」

「我現在也這麼想。」惠敏都同意炳昌的看法。

「自己吞了人家的錢，還恐嚇別人要送她去警察局，真的是有夠……」榮杰講到這裡又想罵髒話，可是他這次忍住了。

「琇琇，妳不要難過，我一定會幫妳把那張伍佰元給要回來的。」炳昌很有把握的說。

「你怎麼要？」博懷有點像是揶揄炳昌的笑說，那把紙刀都丟到垃圾桶去了，炳昌還有什麼招？

「妳先回家，不用擔心，如果有什麼事情就先打電話來我家，我要想好計畫再跟妳說。」炳昌煞有其事的對琇琇說。

於是他們這群同學就在超商門口道別，各自回各自的家，只有榮杰和炳昌在同一條路上，兩個人討論起來。

「炳昌，你真的有辦法嗎？我們今天早上被攆出來已經是夠難看的。」榮杰說同學們年紀還小，一定打不過人家。

「我也不知道方法，我現在要去找小東表哥幫我想辦法，你要不要一起去？」炳昌問榮杰。

「好啊！小東哥是我們的好朋友。」榮杰也跟著炳昌叫小東表哥，感覺上也成了自己的親表哥一樣。

「我們不要直接說出火旺伯餅店的名字，我們說是一家披薩店，看小東表哥會出什麼主意？」炳昌現在學聰明了，他可以用類比的方式聽聽別人的意見，但是不要完全洩漏機密。

小東表哥聽完炳昌說的經過之後，他認真的想了想後說：「你說披薩店吞了你同學的伍佰元，怎麼有這麼可惡的披薩店？」

「小東表哥，如果是你該怎麼做？」炳昌急切的問小東。

「如果是我，我就匿名叫一百個披薩到某人家，這樣對方一定不會付錢，披薩店就虧了。」小東哥自己說得哈哈大笑。

「這個很好笑！」榮杰覺得這個惡作劇的方法很扯，但是好笑到了極點，他的腦筋馬上浮現火旺伯氣極敗壞卻又無奈的畫面出來。

「是哪家披薩店啊？讓我知道一下吧！或許我現在就來亂訂披薩。」小東表哥問起炳昌。

「沒啦！我得要問我同學要不要這樣做？」炳昌跟小東表哥說了再見，兩個人就離開小東表哥家。

「這招好像很好玩，我要來跟火旺伯惡作劇一下。」炳昌賊賊的說，他一定要訂一百盒月餅蛋糕來試試看。

「可是這樣做，琇琇的伍佰元也要不回來。」榮杰說這樣也幫不到琇琇，就是惡作劇而已。

「哈哈哈！誰叫火旺伯對我們這麼壞！」炳昌說他一定要這樣子耍火旺伯，才可以消消氣。

「你的火氣跟火旺伯真是有得拼。」榮杰對著炳昌搖搖頭。

炳昌在口袋裡數算著零錢，先撥查號台問火旺伯的電話，然後掐著鼻子打到火

旺伯的店裡說：「請問這裡是火旺伯餅店嗎？」

「講快點，我們正在忙。」聽這口氣，接電話的正是火旺伯。

「你好，我們這裡要訂一萬個月餅蛋糕。」炳昌把小東表哥說的方法擴大很多倍，還得意洋洋覺得自己真是聰明。

「神經病！」火旺伯聽了之後，問都不問炳昌是代表誰，立刻罵了幾句，還迅雷不及掩耳的掛上電話。

「火旺伯真的是太妙了。」榮杰說炳昌這是偷雞不著蝕把米，還被火旺伯罵神經病。

「一定是火旺伯常常接到這樣的惡作劇電話。」炳昌替自己說話，他覺得火旺伯八成是做人太失敗，常接到這類電話，早就知道該怎麼辦了。

「這個笑話好好笑喔！」從炳昌掛上電話之後，榮杰就笑個不停，而且愈笑愈大聲。

「你不要告訴別人我打過這個電話。」炳昌想想後，覺得自己實在是丟臉，央求榮杰要幫他保守祕密。

「會啦！你是我的好朋友，我會幫你保守這個機密。」榮杰一口答應，但還是忍不住笑了很久。

當天回家，炳昌忍不住問了媽媽：「假如有個老闆把我同學的錢貪走了，我該怎麼辦？」

「我聽不懂什麼老闆把你同學的錢貪走了，怎麼貪？」媽媽一臉迷惑的樣子，她問這是遇到詐騙集團嗎？

「就是收了同學的錢，可是不把同學要買的東西給他。」炳昌是這麼跟媽媽解釋的。

「那要去跟老師報告啊！老師是大人，一定有辦法解決。就算老師沒辦法，她也可以跟學校其他單位聯絡，一定會想個方法出來。」媽媽的答案是這個樣子，她覺得學校幫學生是理所當然的事情。

炳昌也問了爸爸、阿公和阿嬤，每個家人都跟他說一樣的答案，於是炳昌在心裡想說：「沒辦法囉！周炳昌班長還是小朋友，他很多事都還得要靠老師才有辦法解決。」

「只好去找郭老師了！」炳昌嘆了一口氣，決定「認命」，明天上學的時候去找郭老師。

第二天到了學校，炳昌下課時到教師休息室，他看到一幕自己想都想不到的畫面……

「郭老師，這盒月餅蛋糕送你！」那個把炳昌他們罵到臭頭的火旺伯，竟然笑吟吟拿著一盒月餅蛋糕給郭老師。

「火旺伯，這樣不好意思啦！怎麼好收你的月餅蛋糕，這不是想買都買不到的禮盒嗎？」郭老師說她那天還看到新聞報導，有電視記者跑到火旺伯餅店，在那裡直播連線介紹全台中秋節送禮最熱門商品。

「我也是學校的家長會委員，是家長會開會同意，跟我購買月餅蛋糕禮盒給老師，我負責送貨過來。」火旺伯要郭老師別擔心，每個老師都有一盒，這是家長會送的，不是他個人送禮。

「我們學校多勞火旺伯費心了。」郭老師很客氣的跟火旺伯道謝，謝謝他們這些年對於學生和老師的照顧。

「這是應該的，可是現在小孩子實在是有夠難教。」火旺伯講到這個，眼睛看起來又在冒火了。

「難道是在說我們嗎？」炳昌心頭一驚，他想火旺伯是跑來跟郭老師告狀，要說他們的不是。

「還好啊！孩子畢竟就是孩子，本性還是可愛的。」郭老師不假思索的說，她完全沒有多想其他。

「我前幾天遇到一個孩子拿著假鈔來買月餅蛋糕，我不賣她，後來她竟然和一群同學來我店裡理論。」火旺伯即使已經不在現場，講起來還是咬牙切齒的模樣，看起來氣到骨子裡囉！

「是哪一班的學生？」郭老師順口問了一聲。

「我當時很忙，又氣個半死，完全來不及問是幾年幾班的學生。」火旺伯講到這裡，冷不防的把頭轉過來。

「天啊！」炳昌當場臥倒在地，偷偷摸摸的蹲在門邊，又偷偷摸摸的走回教室，深怕被火旺伯看到。

「太奸詐了！惡人先告狀，竟然跑來跟老師說我們的壞話，還好火旺伯不知道我們是郭老師的學生。」炳昌心有餘悸的想著。

炳昌走回教室的路上，琇琇他們四個人看到炳昌，連忙跟他打招呼說：「炳昌，你快來，我們剛剛討論出一個結果。」

「什麼結果？」炳昌問道。

「我們想說，要你這個班長作代表去跟郭老師說，請她幫琇琇去要那張伍佰元。」博懷熱心的說道。

「別想了！」炳昌哼的一聲。

「你這個人怎麼這樣？」惠敏說炳昌對於他們討論很久的結論這麼嗤之以鼻，看起來實在是有夠討厭。

「是啊！你這個班長不可以這麼當。」榮杰也跟炳昌抗議，還眨了眨眼，似乎暗示那件模擬披薩店的事件他知道一樣。

「我才從教師休息室走出來。」炳昌嘟著嘴說。

「你已經先跟郭老師報告囉？」惠敏說炳昌當班長真的不是蓋的，這麼早就去找郭老師商量。

「那郭老師有說什麼嗎？」琇琇很緊張的問炳昌。

「你們猜我看到什麼？」炳昌賣了很大的一個關子。

其他四位同學猜了許久，怎麼都猜不到炳昌到底看到什麼畫面。

「我也很驚訝我看到的……我看到火旺伯送禮盒到教師休息室給郭老師，還說了很多話。」炳昌這麼宣佈著。

「他是來抓我們去警察局的嗎？」琇琇緊張死了，因為火旺伯第一個一定是要抓她這個拿假鈔來的人。

06 小東哥的妙招

「不過，火旺伯並不知道我們是郭老師的學生。」炳昌說他觀察到的是這樣，火旺伯只是在跟郭老師抱怨現在的孩子。

「他還好意思這麼說，我們才想去跟郭老師抱怨現在的老闆很討厭！」榮杰說到底誰該告狀啊？

「這樣說起來，郭老師現在是站在火旺伯那邊囉？」博懷問道，他說這實在是出乎意料之外。

「我們去跟郭老師說火旺伯的事，郭老師一定覺得大人比較可靠。」琇琇說到這裡，也顯得有點沮喪。

「沒關係，大家不要難過，我現在是二年六班的班長，我一定會想辦法處理這件事情。」炳昌很豪氣的說。

「算了啦！我不要那張伍佰元好了。這樣比較簡單。」琇琇說她願意放棄，就當沒有發生過這件事。

「不行，我是班長，怎麼可以看到二年六班的同學被欺負，我一點事都不做？」炳昌說這樣子當班長很丟臉。

「真的好尷尬喔！火旺伯是家長會的委員，還對老師們這麼好，送月餅蛋糕禮盒給老師。」惠敏搖頭嘆息。

「這樣可以算是賄賂嗎？」榮杰說他在報紙上看過這個字。

「郭老師平常都對我們很好的。」琇琇覺得這次真的倒楣透頂，碰到學校對面那個火旺伯。

「這絕對是惡勢力。」炳昌不以為然的說，他一定不會讓大家白白的被火旺伯罵上一頓。

「你會有什麼辦法？連郭老師都吃了火旺伯的月餅蛋糕，我媽媽說拿人手短、吃人嘴軟。」博懷這麼說道。

「給我時間想想，我一定會在我當班長的這個星期，把這件事處理好。」炳昌比出勝利的手勢。

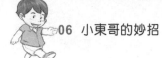

「希望火旺伯還是能夠賣給琇琇月餅蛋糕，這個星期同學們就可以一起吃月餅蛋糕慶祝星期六的中秋節。」榮杰的願望是這樣，其他幾位同學們也都認同的點點頭。

這一整天，炳昌的腦子裡都纏繞著火旺伯的事情，到了晚上和小東表哥在一起還是魂不守舍的。

「你有什麼心事啊？」小東表哥問炳昌。

「沒有！」炳昌回過神來搖搖頭。

「我在等兵單都還沒有你這麼煩惱。」小東表哥取笑著炳昌，笑說他也是在等兵單嗎？

「你要去哪裡？我也要去。」看到小東表哥起身的炳昌，亦步亦趨的跟在小東表哥身後。

「我要去閱覽室還書。」小東表哥的家附近有一個非常小型的公共圖書館、可是它的招牌上面寫的是閱覽室，小東哥在那裡借了些書打發時間，到了該還的期限，小東表哥正要拿去還。

「這家閱覽室的工作人員很機車。」小東表哥說那裡只有一位工作人員，是位女性。

「工作人員要怎麼樣才叫機車？」炳昌不明白這件事。

「等等你就知道了。」小東表哥要炳昌用眼睛看，就會明白「機車」這兩個字用在人身上是什麼意思。

首先，這個閱覽室是在一棟大樓的二樓，去那裡的民眾要先按門鈴，等工作人員從樓上按開門的開關，才能夠上到閱覽室去。

「我從來沒有去過這種型的圖書館。」炳昌覺得這樣的閱覽室，看起來就很不歡迎民眾使用。

「沒錯，而且也很少有人知道，除非存心來找才會發現。」小東表哥說他是在總館的公佈欄發現這個地址，因為好奇、又離他家很近，他才知道這裡有個小型圖書館，要不然從樓下經過好幾次，從來沒有發現過。

小東表哥和炳昌上了二樓的圖書館，果然整個閱覽室只有他們兩個，更扯的是，那位女性工作人員正忙著刷睫毛膏。

「你看，就是她。」小東表哥偷偷的跟炳昌說，這裡就是那位女性工作人員一個人管的。

炳昌看了看那位小姐，小東表哥就插嘴說：「有時候她還把自己的小孩帶來辦公的地方。」

「那她是位媽媽？」炳昌問小東哥。

「應該是的，這還不打緊，我每次來，她都拿著一本女性雜誌在旁邊，自己對著小鏡子練習化妝。」小東表哥邊說邊搖頭，他覺得很奇怪，這裡的工作人員不是應該要有公務員資格？公務員可以這樣做嗎？

「什麼是女性雜誌？」炳昌問小東哥，他不知道女性雜誌長成什麼樣子，要小東哥指給他看。

小東哥抱來幾本女性雜誌給炳昌，炳昌還發現幾本很奇怪的女性雜誌：「看起來跟我們課本的字不一樣。」

「這是日文的女性雜誌，我看八成是她自己用圖書館的名義訂的，真是圖利自己。」小東表哥聲音壓得很低，可是講得咬牙切齒的模樣，那位練習化妝的女士，還抬起頭來望了炳昌和小東一眼。

「真的很爛耶！」炳昌聽了之後露出嫌惡的表情，也覺得這位女士很不應該，只替自己著想。

小東哥還完書之後，走出閱覽室，等到大門關上，小東也問炳昌：「你也覺得她很不應該，對吧？」

炳昌點點頭認同小東的看法。

「那我一定要想辦法反制她。」小東本來是覺得自己太過挑剔，可是竟然連小學二年級的小朋友都看不過去，小東哥說他要上網路寫點東西。

「你是要上網路寫罵她的話嗎？我聽爸爸說，現在上網罵人會被法官判刑，還是一種叫誹謗的罪名。」炳昌從爸爸那裡聽來這點。

「我知道，我並不是要罵她，而是要稱讚她，這樣總不犯法了吧？」小東哥的眼睛轉了轉，顯得鬼靈精怪。

「稱讚她？」炳昌心想小東哥在說什麼？剛才還罵得要死，現在卻說要稱讚那位女士。

「等等到我房間，我上網留言再解釋給你聽。」小東哥回到家打開電腦，立刻到批踢踢這個網路論壇站留言說：「有位圖書館小姐貌美如花、服務熱心，請大家多到這間閱覽室借書，就可以看到美女圖書館員。」小東表哥邊寫還邊唸給炳昌聽，炳昌樂得哈哈大笑。

「這樣就會很多人上那個閱覽室借書，小姐就不能偷懶、化妝，會忙得不得了。」炳昌也看懂了小東表哥在玩的花樣。

「最好把以前該做的工作份量都一起做完。」小東表哥說他最討厭這種領國家薪水又不做事的公務員。

「可是這樣留言會有效嗎？」炳昌有點懷疑，他想小東表哥只是貼著好玩罷了，自己笑一笑就好。

第二天，炳昌又跟著小東表哥去閱覽室瞧瞧，果然在櫃台結書區排隊排得長長的，不斷有人問那位小姐說：

「對不起，我找不到我要找的書。」

「編號明明在這裡，可是書卻不見了。」

「為什麼這裡的書都不按照編號放？」

那位女士忙得不可開交，小東表哥和炳昌在一旁偷笑，他們兩個知道是自己做的好事。

「這真的是妙招！」炳昌更加敬佩小東表哥了。

「弱是一種罪惡。」小東表哥說，這是羅家倫在《新人生觀》裡面說的一句話，他是在對日抗戰的時候寫《新人生觀》，羅家倫一直認為中國人是個弱大的民族，才會引得那時候的日本人來侵略中國。

「我們要自己強一點，也才不會讓別人看扁我們。」小東表哥說的這些，完全正中炳昌的心意。

第二天，炳昌就把小東表哥說的這一切跟琇琇、惠敏、榮杰和博懷分享，他也學起來這句：「弱是一種罪惡。」

「可是你的意思是，我們要去批踢踢貼文說，火旺伯帥得不得了？」惠敏不解的問炳昌。

「這樣只會讓火旺伯的生意更好。」博懷笑說，這樣做了之後，火旺伯還會以為我們是他神祕的仰慕者。

「那就去貼一些罵他的話。」榮杰說這還不簡單，把我們對火旺伯的看法誠實的寫出來就好。

「可是會犯法。」炳昌又把爸爸說的在網路上貼文罵人，法官會判誹謗的事情說給其他人聽，幾個人還討論了一下誹謗的意思。

「那該怎麼辦？」琇琇問大家。

「如果寫火旺伯脾氣壞又很愛罵人，這樣算是誹謗嗎？」誹謗這兩個字，博懷唸得很吃力。

「這應該不算誹謗，這是實話。」很想當法官的惠敏說，如果是她來判，一定不會判成誹謗罪。

「反正我們就是要有點作為，不可以呆呆的當弱雞。」炳昌現在很信仰「弱是一種罪惡」，他說等他字認得多一點之後，一定要去借羅家倫的《新人生觀》來讀。

不過幾個小朋友想了很久，一點都不知道該在批踢踢上貼文該貼些什麼？既然不能亂罵人，他們也就沒有詞可以貼了。

「不隨便罵人真的不容易。」榮杰這才說，跟他不罵髒話一樣的難，好像除了這些話以外，要生出別的詞都很難。

「你家的小東表哥真厲害，一在批踢踢上寫就寫出詞來了。」琇琇很羨慕小東表哥的聰明。

「你要快一點耶！這星期很快會過完。」惠敏說炳昌當班長的期限馬上就要到了。

「我知道啦！我也很緊張，想在中秋節以前解決這件事。」炳昌要惠敏不要催他，他已經盡量快了。

「你回去再跟小東表哥討論一下，回學校再來跟我們說。」幾位小朋友都這麼建議炳昌。

「好吧！」炳昌答應同學，一下課書包都還來不及背回家，就衝到小東表哥家找人。

「炳昌，小東不在家。」大阿姨招呼著炳昌，還問他為什麼最近這麼常來找小東。

「小東表哥最近也比較有空。」炳昌顧左右而言他。

「你要不要先回家寫功課，等到小東回來了，我再叫他打電話給你。」大阿姨問道。

「大阿姨，我可以在小東表哥的房間等他嗎？我可以在那裡邊等邊寫功課。」炳昌把寫功課都抬出來了。

「好吧！那你一個人在房間裡等著，我去幫你準備點心。」大阿姨要炳昌先等等，她隨後到房間來。

「小東表哥快回來吧！」炳昌急著跟小東表哥討論批踢踢的事情，把自己的書包丟在小東哥的床上，躺在那裡望著牆壁。

「為什麼會有這個？」炳昌發現躺在那個位置，在衣櫥旁邊會看到一排的槍，這些是炳昌以前從來沒有看過的東西。

「小東表哥有這些為什麼不告訴我？」炳昌像發現新大陸一樣的仔細端倪著那些槍。

「炳昌！大阿姨幫你準備了餅乾和熱可可，你快吃吧！」大阿姨把點心端來房間給炳昌。

「大阿姨，小東表哥為什麼會有這些槍？」炳昌好奇的問大阿姨，不過一問完他有點後悔，或許小東表哥也沒有讓大阿姨發現這些。

「這是小東買的空氣槍。」大阿姨一派輕鬆的回答，好像她早就知道這些事情一樣。

「小東表哥什麼時候買的？」炳昌好奇的問道。

「那是小東上大學，自己打工買的空氣槍。」大阿姨解釋起來，原先小東表哥很喜歡這種大型的空氣槍，可是大姨丈不願意買給他，小東表哥上了大學就自己打工、存錢，買了這一整排放在衣櫃旁邊。

「好酷喔！」炳昌羨慕的說。

「你不要羨慕他，你以後一定也能自食其力。」大阿姨這麼對炳昌說，還要他跟小東哥學獨立，可是不要玩得那麼兇。

「我媽媽說人有一好就不會有兩好。」炳昌要大阿姨放心，自己媽媽很看好小東哥，相信他當完兵回來，一定會有番作為。

「你媽媽是我們小東的天使，總是說他好、也對他好。」大阿姨說自己也應該對炳昌更好才是。

「大阿姨，我不知道小東表哥什麼時候回來，我先回家好了。」炳昌把餅乾吃掉後，急忙忙的要離開，他倒不是想回家，而是他想到一個絕妙的點子，想去跟住在家附近的榮杰說說看。

07 祕密武器

「榮杰，我們不要到批踢踢貼文了！我發現更讚的武器。」炳昌到榮杰家，兩個人到了榮杰房間，炳昌就急著跟榮杰說這件事。

「武器，為什麼要武器？」榮杰完全沒有概念炳昌到底在說什麼？炳昌興奮的樣子更讓他一頭霧水。

「我在小東表哥的房間發現一整排的空氣槍，虧我跟他那麼好，他從來不跟我說這個。」炳昌說起那排空氣槍，他的眼睛就發亮。

「空氣槍當武器？」榮杰還是沒有會意過來。

「我們可以每個人拿一支空氣槍，到火旺伯的店跟他討琇琇的伍佰元回來。」炳昌非常認真的跟榮杰說他的計畫。

「這樣真的好嗎？」榮杰覺得有點不妥。

「妥啦！妥啦！空氣槍又不是真的子彈，只是壯我們自己的聲勢，讓火旺伯覺得我們不是好欺負

的而已。」炳昌說道。

「我沒有拿過空氣槍耶！」榮杰以前愛說髒話，可是他平常最大的興趣是讀書，對於那種打打殺殺的玩意，他也只有偶爾在遊戲機上玩，也不算愛玩，跟同學們聚在一起才是他玩遊戲的最主要目的。

「超酷的！」炳昌說光是想像那個畫面，他就覺得很帥氣，到時候要去進攻火旺伯的店時，一定要同學幫他拍張照片。

「別啦！我後來想想，既然琇琇都說願意放棄那張伍佰元，我們就算了，要不然讓郭老師知道了還得了。你不是還看到郭老師跟火旺伯有說有笑的。」榮杰竟然開始勸炳昌「收手」，事情到這裡為止就好。

「哎喲，你這個人怎麼這樣的沒趣。」炳昌嘟著嘴，抱怨榮杰一下子就放棄了，很沒有恆心。

「我可以在別的事情上有恆心，不一定要用在火旺伯的身上。」榮杰理所當然的說道。

第二天上學，炳昌和榮杰一起上學，還是持續不斷的勸他一起來打空氣槍彈戰爭……

「我不是很會玩那種東西，你又不是不知道！」榮杰聳聳肩後說。

上學的路上，炳昌、榮杰陸續和琇琇、惠敏以及博懷碰面，五個人一起上學的路上，炳昌積極說著他的計畫。

「這樣好嗎？」惠敏第一個投反對票。

可是博懷開始想像那個畫面後說：「感覺好像在演電影，我喜歡炳昌這個點子，超讚的。」

「謝謝你的捧場。」聽到博懷支持自己的意見，炳昌得意到了不行，這時才發現博懷是自己的知音。

「會不會被警察抓去？」琇琇囁嚅的問道。

「妳不要被火旺伯騙了，警察哪有那麼多時間，一天到晚在那裡等著抓妳這個小學生。」炳昌要琇琇安心啦！

「可是現在是兩票對三票，只有你和博懷想要打空氣槍戰。」榮杰提醒炳昌，還有三個人不贊同他的做法。

就在這個時候，迎面而來的竟然是火旺伯……

「你們這五個兔崽子總算被我抓到了！」火旺伯好像等他們五個等了很久的樣子。

「你抓我們做什麼？」炳昌問火旺伯。

「我要問你們是幾年幾班的學生，好去學校找你們老師。」火旺伯說他愈想愈覺得要報告老師。

「我們又沒有做錯事。」炳昌大聲的反嗆。

「還說沒有？小學生可以對長輩這麼無禮嗎？」火旺伯看到炳昌的樣子他就很火大。

「是因為你這個大人很不講理，我們才會變成無禮，要不然我們平常也是好好的小孩。」炳昌覺得火旺伯都不拿把鏡子照照自己，真是有夠奇怪的。

「反正跟我說你們是幾年幾班的，我去找你們的老師說。」火旺伯這下子愈發生氣了。

「為什麼我們要告訴你？」榮杰也開砲了。

「就是你這個小子，那時候罵髒話的就是你吧！我一定要跟你們老師說，要好好管教你這張嘴巴。」火旺伯也認出榮杰。

「你們不讓我跟老師說，我就直接抓你們去警察局。」火旺伯氣急敗壞的嚷嚷著。

「動不動就說要送別人去警察局，真的是嚇唬小孩。」惠敏怕琇琇又擔心起來，好意的這麼說道。

「嚇唬小孩？你們弄錯了！我是要好好教育你們這些孩子，要不然以後長大了無法無天。」火旺伯講得自己好像正義之師一樣。

「你……你真的是夠了！還我伍佰元來！」琇琇好像被逼到了一個極點，竟然吼了起來。

「妳還好吧？」

「嚇到我了！」

「不要跟不講理的人計較。」

幾個孩子被琇琇的反應給嚇傻了，連忙勸說琇琇別理火旺伯，不要跟無理取鬧的人吵架。

「我媽說情願跟腦筋清楚的人打架，也不要跟腦筋不清楚的人吵架，愈吵愈沒完沒了。」惠敏說媽媽說得一點都沒錯。

結果火旺伯竟然被這句話更加的激怒，一個人擋在炳昌他們五個人的面前，不准他們往前走。

「衝啊！」炳昌突然吼了一聲，一個人撞向火旺伯，還要其他同學快跑，他也跟在同學們的後頭往學校的方向跑，只聽到後來傳來火旺伯的怒罵聲：「你們有種就不要再讓我遇到。」

跑進學校後，幾個孩子喘不過氣來，炳昌氣喘吁吁的問大家：「同學們都沒事吧？」

幾個同學點點頭，榮杰這時候說：「我改變心意了，我要加入空氣槍隊，多加我一票。」

「我也是。」惠敏也覺得火旺伯有夠不講理的。

「我要把我的伍佰元給拿回來！弱雞是一種罪惡。」琇琇學會炳昌抄自《新人生觀》的理論。

「那好！我今天就回去找小東表哥，要他幫忙把空氣槍運到祕密基地，我們明天在那裡練習。」炳昌說動作要快點，不然這星期很快就過去了。

結果，小東哥聽到炳昌說的事情，他哇哇叫著：「你都沒有跟我商量過，就跟同學說好要拿我的空氣彈槍去打仗？」

「小東表哥，你對我最好了！幫幫我們啦！」炳昌哀求著小東哥，他覺得這場仗是一定要打的。

「可是……我的空氣槍……」小東表哥開始捨不得自己的槍，那些都是他存錢存了很久買了當收藏用的。

「我們一定會好好愛惜。」炳昌只差沒有跪下來求小東表哥，要他一定要把槍借給他們。

「只要拿出去用，一定會刮傷的。」小東哥實在是有夠心痛，他寶貝得要死的空氣槍，還特地藏在視覺的死角，就是為了躲避炳昌，不要讓這個小鬼頭看到。

「如果刮傷，我就用我的零用錢賠你。」炳昌說出這樣的重話，可是小東表哥

的神情還是不以為然。

「你會有多少零用錢？小學生和大學生對於金錢的概念完全不一樣。」小東表哥依舊不願意出借空氣槍。

「小東表哥，我媽媽對你這麼好，你不是一直想報答她？就報答到我身上好了。」炳昌連媽媽都搬出來了。

「你喔！真的是有夠……」小東表哥拿炳昌沒辦法，只好答應他要出借他的寶貝空氣槍。

「你可以幫我搬到學校去嗎？」炳昌問小東表哥，他說要趁晚上沒人的時候，把槍運送到後門的祕密基地。

「為什麼要這麼麻煩？」小東哥不明白炳昌何必這樣做？明天上學的時候再帶去就好。

「那樣會被老師發現，說不定就被沒收了。」炳昌提醒小東表哥，老師應該都不喜歡空氣槍。

「千萬不能被沒收。」小東表哥說那千萬不行，如果真發生這種事，他一定會跑到學校去抗議。

「好的，我知道。」炳昌立正站好，跟小東表哥敬了一個舉手禮，像是宣誓忠誠一樣。

那天晚上，趁著月黑風高，小東表哥抱著三把心愛的空氣槍，跟著炳昌偷偷走到學校後面。

「小東表哥，我可以幫你抱一把槍。」炳昌說他可以幫忙，不過小東哥怎麼都捨不得他的槍，他還用絨布的袋子裝槍裝得好好的。

結果他們兩個從後門的圍牆翻了過來，躡手躡腳的走到炳昌所謂的祕密基地。

「放在這裡面就好。」炳昌領著小東到祕密基地的二樓，要小東把槍藏在一個角落。

「藏在這裡不會被人偷走吧？」小東到了這個時候，突然後悔起來借給炳昌三把槍。

「如果被偷，也只有可能被校長偷走。」炳昌說祕密基地只有校長會常常來，平常都沒有人。

「校長？你們校長常來這裡？這應該是工友常來的吧！」小東表哥不明白炳昌的校長為什麼常來這個像是倉庫的地方。

「我第一次看到校長，就以為他是工友。」炳昌笑著說小東表哥真瞭解他們學校的校長。

「你可要像我一樣，把這個槍當成自己的小嬰孩，知道嗎？」小東表哥提醒炳昌這幾天有空，就要拿絨布袋裡面的絨布毛巾好好擦拭空氣槍。

「真是有夠難伺候的。」炳昌小聲的抱怨幾句，他說小東表哥真的把槍當成他的兒子了。

「你剛剛說什麼？」小東表哥嚴肅的問炳昌。

「沒事。」炳昌知道自己這次真的麻煩到小東表哥，也不好意思多說些什麼廢話。

兩個人又趁著月色，偷偷摸摸的爬牆出了學校，小東還把炳昌好好的送回家，自己才安心的回自己的窩。

第二天，炳昌又起個大早，早餐也不想吃，要媽媽幫他把早餐包好，他去學校再吃。

「什麼大事情啊？」媽媽看到炳昌這麼認真的要去學校，她覺得肯定發生了什麼事。

「沒有。就是當班長啊！」炳昌說當班長最好第一個到學校，這樣就可以管理教室秩序。

「我們炳昌真有責任感，當班長當得有模有樣的。」阿嬤覺得二年六班的同學選炳昌當班長真是選對了。

炳昌本來想跟阿嬤解釋，早就已經跟她說過了，現在是大家輪流當班長，不過他還有更要緊的事情，決定要趕緊出門。

「榮杰，我們用跑的到學校，空氣槍已經在祕密基地了。」炳昌吆喝著榮杰，兩個人用跑百米的速度跑進學校。

「好漂亮的空氣槍！」榮杰看到包在絨布裡的空氣槍，忍不住嘖嘖稱奇，他說他從來沒看過這麼漂亮的槍。

「當然囉！小東表哥還要求我，有空就要拿絨布擦拭一下這三把槍。」炳昌說道。

然後博懷、琇琇、惠敏也都陸陸續續走進祕密基地，大家都覺得這個場面實在是太震撼了。

「感覺有自己的軍隊一樣。」博懷不斷的摸摸那三把槍，還問說總共有五個人，只有三把槍怎麼夠？

「我們三個男生用槍好了。」炳昌這麼說道。

「那我們兩個女生要做什麼？」惠敏問炳昌。

「我們晚一點再來討論，先來研究怎麼用這三把空氣槍，我到現在還沒有用過。」炳昌說小東表哥有稍微教他，可是他們三個男生應該也要一點時間練習好才行，要不然到火旺伯餅店門口漏氣不是更丟臉。

「對耶！要練習射擊。」榮杰一臉躍躍欲試的模樣。

「在這裡練習會不會被看見？」琇琇很擔心這點。

「就算被發現也只會被校長發現。」炳昌很有把握的說。

「還有銀行家爺爺也有可能。」惠敏補充說明著。

「沒關係，如果是被他們兩個發現，這也沒有關係。」炳昌覺得校長和銀行家爺爺都是開明的人，一定知道他們為何這麼做。

「你有子彈嗎？」榮杰問炳昌。

「有！在我口袋裡。」炳昌從口袋掏出一大把的子彈，那是昨天小東表哥給他的。

「這不會真的打死人吧？」惠敏突然問起這個問題，頓時五個小朋友都鴉雀無聲。

08 作戰計畫

「不會吧！」炳昌說小東哥曾經拿空氣槍跟同學們玩叢林遊戲，用空氣彈取代漆彈，並沒有發生過任何流血事件。

炳昌看大家都不太相信，他就說：「要不然我們拿空氣槍來射射看，不會有事的！」

「誰願意被實驗？」博懷說炳昌這個「射射看」非常好笑，有誰願意被拿來當成射靶？

「你很無聊！我不是說要射人，而是我們拿個物品來打打看啦！」炳昌說他當然知道不要拿人來射。

於是他們就在祕密基地的二樓，找了個破舊的墊子掛在椅背上，炳昌把一支空氣槍架在另外一張椅背上，朝墊子射擊。

「咻」的一聲，空氣彈打在墊子，有個凹痕，卻沒有穿過墊子……

「這應該沒事吧！」炳昌看了看射擊的情形，摸摸舊墊子上的彈痕，他想這似乎不會傷人。

「可是被空氣彈打到應該會很痛！」光聽那個撞擊的聲音，琇琇就覺得有點嚇人。

不過三個小男生看到這景況反而更興奮，三個人非常開心的玩著空氣槍，在祕密基地裡試射。

「可是……」惠敏看了很久之後，忍不住發出一個嘖嘖的聲音，聽起來她頗感疑惑。

「有什麼可是？」玩得正起勁的炳昌，看到惠敏的表情，他也不知道她在懷疑些什麼？

「我們要怎麼把這三把空氣槍架到學校門口？」惠敏提出一個很實際的問題，她覺得校門口前面根本沒有地方可以架這三把槍。

「呃？」大家頓時都沉思了起來。

「而且，這空氣槍還滿重的，我們要怎麼運到校門口？」博懷這才想起來還有這檔子事。

「炳昌是怎麼把這三把槍運來祕密基地的？」琇琇問道，她認為怎麼運來就怎麼搬到校門口。

「是小東表哥幫我搬來的。」炳昌回答。

「你之前都沒有碰過這三把槍？」榮杰不敢置信的問道。

「沒有機會碰！小東表哥把他的空氣槍抱得緊緊的，我根本沒機會摸。」炳昌說他也不知道空氣槍竟然會這麼重。

「我們可能要兩個人一組，才能把空氣槍運到校門口。」惠敏覺得這段路也很麻煩，一定會被老師發現。

「對耶！那該怎麼辦？」琇琇心想這下子可糟糕了。

「好像需要同學的幫忙。」炳昌算了一下。

「而且我們需要很多人的幫忙，除了把空氣槍架到校門口，還要有人幫我們把風……」惠敏數算起來。

「空氣彈發射完也要運回祕密基地。」博懷跟著說。

「還需要人掩護我們離開校門口。」榮杰也加入參與意見。

「最重要的是趁一片混亂的時候，要有個人去櫃台把琇琇那張伍佰元拿出來。」炳昌說這件事是一定要完成的。

「感覺上我們五個人並不夠。」琇琇想了一下就這麼說。

「周炳昌班長，現在該怎麼辦？」博懷轉頭問炳昌。

「那就去找同學們幫忙。」炳昌說跟同學說實話，請大家一起來幫忙，一定可以成功的。

於是五個人手忙腳亂的把空氣槍放在祕密基地藏好，又成群結隊、浩浩蕩蕩的往教室走去。

炳昌看到郭老師還沒進教室，他決定趁這個早自習的空檔跟同學們「求援」，請求大家的幫助。

「有這回事？」

「火旺伯怎麼可以這樣？」

「我也要參加。」

結果炳昌說完之後，同學們都很樂意幫忙，大家都知道琇琇不可能故意拿假鈔去騙火旺伯；同學們也都同意，是火旺伯貪了琇琇的伍佰元的可行性比較高，而且炳昌說的做法……

「感覺好像羅賓漢。」有同學這麼說。

「是啊！」

「聽起來很好玩。」

「我也要參加。」

才一下子，同學們就都達成共識，要一起幫琇琇把那伍佰元給拿回來。炳昌還提醒同學們：「不要讓郭老師知道喔！火旺伯是家長會委員，他跟郭老師很好。」

大夥兒也像鬼迷心竅一樣，都答應不會跟郭老師告密，一定要保守這個祕密直到任務達成。

「那就好！」炳昌欣慰的點點頭。

「那我們要不要先擬定作戰計畫？」榮杰說看故事書，書裡面都會說要擬定作戰計畫。

「好啊！要擬定就擬定。」炳昌覺得這有什麼難的？

「等等，我們今天就要發動戰爭嗎？」榮杰問道。

「今天是星期四，我們星期五那天發動戰爭好了！」炳昌說有一天的時間可以準備，這樣應該比較好。

「首先要先刺探軍情，要知道火旺伯在做些什麼？」炳昌說電視劇裡都有這樣演。

「好啊！我們兩個去刺探軍情。」有兩個平常很少講話的男同學，他們自告奮勇要去校門口瞧瞧。

「可是等等就要上課了。」琇琇問說這樣子好嗎？

「沒關係啦！我們會儘快回來。」兩個男同學飛也似的朝教室外面跑出去，結果一下子就跟著郭老師進教室來。

「這是怎麼回事？」炳昌問那兩個男同學。

「什麼怎麼回事？要上課了，就是這麼回事。」郭老師說炳昌這個問題有點奇怪，上課就該回教室，這是天經地義的事情。

「我知道啦！」炳昌跟那兩位男同學眨眼睛。

「你的眼睛是怎麼了？」郭老師問炳昌。

「沒事！只是有點癢。」炳昌笑著對郭老師說。

「炳昌是顏面神經麻痺。」榮杰在一旁看到，他明知炳昌是在對那兩位男同學示意，還故意這麼說。

「你……才麻痺呢！」炳昌差點學榮杰說起一連串的髒話，只是他想到自己這星期當班長，硬是把話給縮了回去。

這堂課下課鐘一響，那兩個男同學就飛快的往教室外面跑去，結果二年六班的同學們也跟在他們兩個後頭……

「你們這是在做什麼？」其中一位男同學問其他人。

「跟你們兩個一樣，我們也是在刺探軍情啊！」一大堆嘻嘻哈哈的二年六班的同學們都這麼回答。

「全班的人都跑到校門口來，這算哪門子的刺探軍情？」另外一位男同學抱怨著。

「現在是下課時間，大家就想一起來刺探軍情，有什麼關係？」有位跟著來的女同學這麼說。

「我們班的作戰計畫好奇怪，什麼都全班一起做。」炳昌班長看到二年六班的同學也覺得有點莫名其妙。

結果二十幾位二年六班的同學們，全都趴在學校大門口的圍牆上「刺探軍情」，場面非常壯觀……

「回來！回來！先回到教室去。」炳昌看看這個場面，他覺得不太像電視上演的，就把同學們叫回教室去。

「各位同學，刺探軍情要祕密的進行，不可以一大票人一起去，就樣就不叫祕密了。」炳昌很認真的解釋。

「可是這樣很好玩啊！」有位小女生笑著說她等等還要去湊熱鬧，這有夠好玩的。

「我們不是在玩，我們是在打仗，要幫琇琇把那張伍佰元給拿回來。」炳昌積極的導正同學們的想法。

「炳昌好好笑！」

「這本來就是在玩。」

「要不然大家為什麼都會參加？」

大家在台下自己說自己的，只有炳昌在講台上急著跳腳，他很認真的闡述這場戰爭是一場「聖戰」。

「反正我們會幫忙把琇琇的伍佰元給拿回來的，炳昌班長不用緊張。」有個男同學說道。

榮杰看到這個場面，忍不住低聲的喃喃自語說：「真是一群烏合之眾，能成事嗎？」

結果二年六班還是一大群人黑壓壓的跑到校門口去刺探軍情，原負責的小男生說：「火旺伯餅店的前面大排長龍。」旁邊就有一大群人重複一遍說：「火旺伯餅店的前面大排長龍。」說完之後，大家還覺得好笑得不得了，一群人趴在圍牆上哈哈大笑。

炳昌和其他四名核心成員，遠遠的看到這個場面，忍不住互相問說：「這樣真的行嗎？」

那一整天下課，都不斷的有二年六班的同學們到校門口刺探軍情；也不停的有人跑來問炳昌，關於作戰計畫他要怎麼做？

「我真後悔告訴全班這件事。」炳昌在祕密基地跟其他四位成員說。

「看他們玩得很高興的樣子。」惠敏說這真的是誤會大了。

「這樣還拿得回來琇琇的伍佰元嗎？」博懷緊張的問炳昌。

「大家都想參與，我是班長，不可以不准他們參加吧！」炳昌說這有點為難，當班長不是這樣當的。

「現在還有一個很重要的問題，就是如何把這三把空氣槍運到校門口。」博懷提醒著大家。

「這就一定要靠同學們的幫忙。」炳昌說光靠他們五個一定是不行的，這把槍比想像中的重上許多。

「好可怕，不知道會發生什麼事？」榮杰覺得只要一告訴全班同學，大家又會當大隊接力一起來做。

果不其然，炳昌在班上宣佈要大家幫忙搬空氣槍時，同學們比去「刺探軍情」還要興奮……

「我從來沒有玩過空氣槍。」

「等等要搬的時候讓我玩一下。」

「要先去祕密基地集合嗎？」

二年六班比去校門口刺探軍情，這下子更激動了。

「這樣子不行啦！搬一把槍像搬一條船似的，這要怎麼搬？不是等於告訴全校我們要搬槍去校門口一樣。」榮杰看到這個場面，他勸炳昌要三思而後行，要不然作戰計畫都還沒擬定好，整件事就洩漏出去了。

可是炳昌這時候想阻止也來不及了，趁著下課的空檔，同學們一起擠在祕密基地，結果大家都忙著玩那三把空氣槍，上課鐘還沒有響起，同學們已經把空氣彈全都試射完了。

「一顆子彈都沒有了？」望著那空空如也的彈盒，炳昌簡直是看傻了，他沒想到這群同學像是蝗蟲似的，不是「吃」空氣彈，而是把空氣彈在祕密基地到處亂射，射到一顆子彈都不留。

「我們還沒打戰，竟然子彈就全沒了！」炳昌睜大眼睛看著這一切，他簡直不敢相信這個事實。

「也沒有幾顆！」

「我還沒有射到。」

「你剛剛打了那麼多發空氣彈，把我的那一份還給我。」

有兩個男同學因為子彈分配不均，兩個人還在祕密基地扭打起來，場面非常混亂。

「停！都給我停下來！」炳昌拿出班長的架式，要同學們別再吵鬧了，這樣實在是不像話。

榮杰和博懷把那兩名扭打的男同學給分開，炳昌氣呼呼的說：「還沒打敵人，就先自相殘殺。」

那兩名男生還吹鬍子瞪眼睛的怒視彼此……其中一位問炳昌：「那現在要怎麼辦？都沒有子彈了。」

「你們還好意思問我，都是你們害的，我今天得要去跟小東表哥再要一些空氣彈。」炳昌很累的說。

「那現在還要把空氣槍搬到校門口嗎？」

「刺探軍情還要繼續進行？」

「我呢？我要做什麼？」

同學們一個接著一個的問題，讓炳昌疲於奔命，坐在祕密基地的地板上想著：

「統帥軍隊、打一場仗還真難啊！」

09 檄文

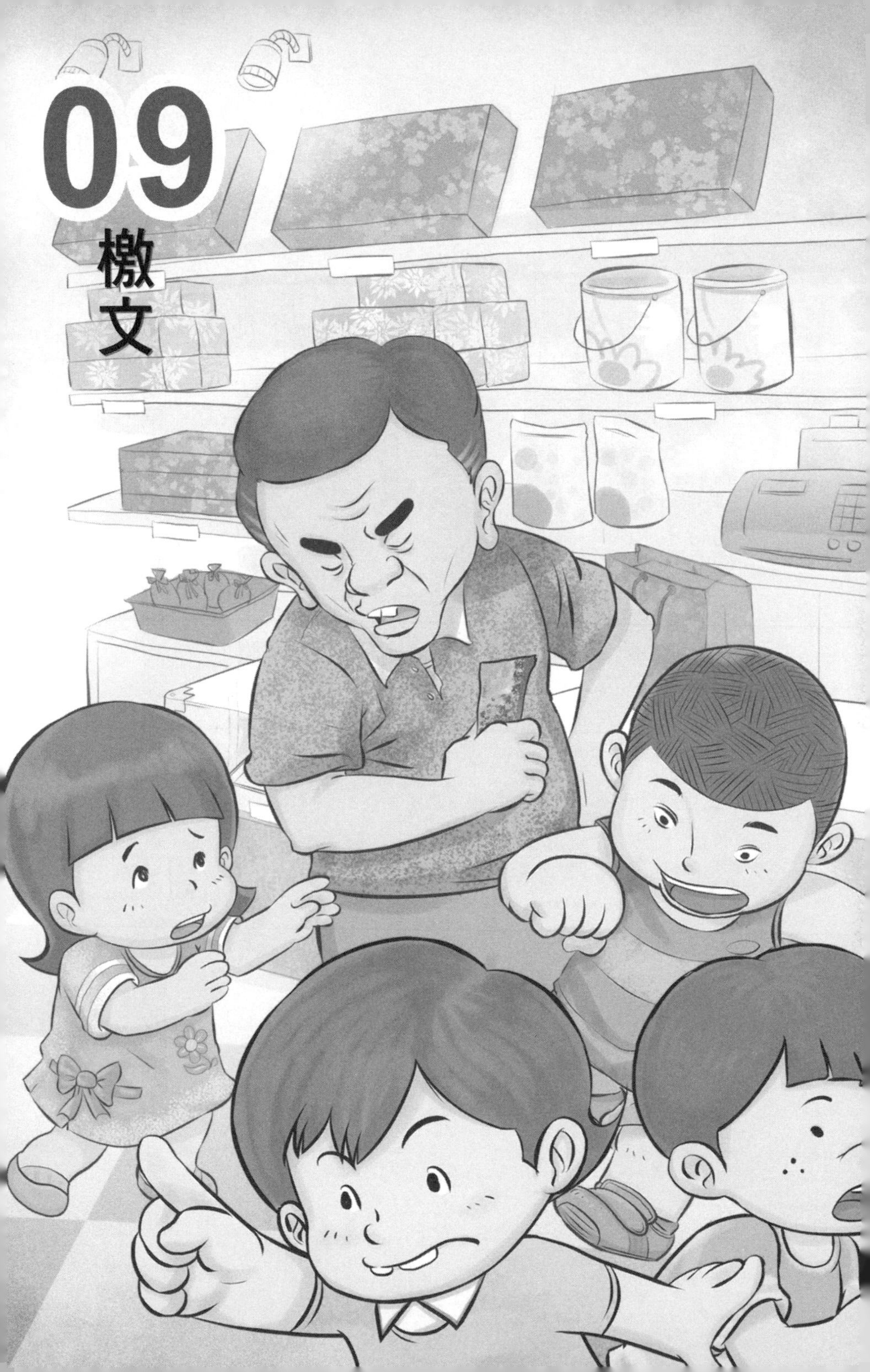

炳昌可能是事情太多，忘記帶國語課本，小東表哥受炳昌的媽媽之託，幫忙送國語課本來給炳昌。

小東表哥站在二年六班的教室走廊時，就有同學們在問：

「這是誰的爸爸？」

「看起來很年輕。」

「可能是未婚爸爸。」

小東表哥在走廊上聽到同學們的對話，忍不住說了一句：「還未婚爸爸呢！那誰是我的未婚小孩？」

於是班上同學都注意看是誰走出去，沒想到炳昌從外面疲憊的走回教室，老遠看到小東表哥就喊了起來……

「原來是周炳昌的表哥。」同學們這才明白，這位先生為什麼看起來會這麼年輕。

同學們討論完小東表哥之後，又互相研究炳昌說的作戰計畫，小東表哥覺得很奇怪就問炳昌。

等到明白了炳昌的計畫，小東表哥順口說了一句：「要打仗還要有檄文才行吧！」

「檄文？」炳昌和二年六班的同學們都不知道小東表哥所謂的檄文是什麼樣的東西。

「檄文也跟空氣槍一樣，是個武器嗎？」有個小男生這麼問小東表哥。

「還是吃的東西。」

「從來沒聽說過有這種檄文。」

小東表哥稍做解釋，就說檄文是兩方打戰，讓自己師出有名，可以攻打對方的一種作文。

「有必要寫什麼檄文的？」炳昌聽了之後，不明白二年六班要寫一篇檄文做什麼用？

「這樣你們去攻打別人時，旁邊的人才知道你們是正當的，錯的是對方，才會站在你們這邊。」小東表哥說檄文很重要的！

「像《古文觀止》裡面就有一篇〈為徐敬業討武曌檄〉，大家都讀過。」小東表哥說到這裡，人就回家去了。

「那我們班要不要寫檄文？」炳昌站在講台上問同學。

「當然要了！」

「學校附近這麼多人，我們當然要他們支持我們。」

「寫就寫啊！」

同學們紛紛表態要寫一篇檄文，而且大家都要作文很好的湯榮杰來寫這篇檄文……

「可是我從來沒有聽過那篇〈為徐敬業討武曌檄〉！」榮杰真的不知道要從何寫起。

「你不是有平板電腦可以上網，你拿出來查啊！」炳昌提醒榮杰，他那台平板電腦正好派上用場。

「我又不是每天都會帶平板電腦，不過……今天真的有帶來。」榮杰覺得炳昌還真會猜。

「可見這篇東西是該你寫的！」炳昌呵呵大笑，覺得榮杰本該擔當這樣的重責

大任。

「可是，這實在很難！」榮杰心想，這是什麼日子？竟然來學校上課，還要寫一篇從來沒有聽過的檄文。

榮杰用平板電腦把那篇〈為徐敬業討武曌檄〉給找出來，看了之後他更是哇哇叫著：「我怎麼可能會寫？」

「為什麼不會？」炳昌好奇的問榮杰。

「這是古文耶！我連看都看不懂，我只是一個二年級的小學生，怎麼會看得懂這個？」榮杰叫得可大聲了。

「一點都看不懂嗎？」炳昌請榮杰再看看。

「旁邊是有白話文的解釋，是勉強看得懂，可是……」榮杰說火旺伯又不是武則天，這可以類比嗎？

「可以把火旺伯寫得壞一點，像大怪獸一樣就好。」有同學在旁邊建議榮杰這麼做。

「這樣不好啦！我們沒必要把火旺伯寫成很壞，這樣做人太不厚道。」榮杰覺得很不妥。

「好吧！你就照實寫，寫通順就好。」炳昌「裁示」榮杰就是誠實寫就好，不用勉強。

「你們都以為這很好寫似的。」榮杰開始對著白紙發呆，他說火旺伯以後看到他，一定會每見他一次就對他咆哮一次。

「如果不要把重點放在火旺伯，而是琇琇的心情，這樣會不會好一點？」惠敏提供自己的看法。

「我的心情？」琇琇好奇的問起來。

「這個好！」博懷贊同惠敏的想法。

「是啊！琇琇本來是興沖沖的要請班上的同學吃月餅蛋糕，也存了很久的錢，一下子被火旺伯的壞脾氣化為烏有……」惠敏說到這裡，榮杰就說他有靈感了。

「這的確是比較好寫，比寫一篇從頭到尾批評火旺伯的檄文好寫多了。」榮杰眉開眼笑的說。

這時候坐在窗戶旁邊的一個女同學，她擔任把風的工作，直呼：「郭老師來

了！快把東西收好。」

就看到二年六班的同學們把跟上課不相干的東西都收起來，榮杰也把平板電腦和他擬的草稿收到書包裡。

那位把風的女同學的警報還沒發完，她看著窗外直呼：「火旺伯跟郭老師一起來了。」

「天啊！」

「他發現了嗎？」

「這下該怎麼辦？」

同學們都很警張，炳昌突然站起來說：「糟了，火旺伯認得我們五個的臉，他說要問出我們是幾年幾班的。」

「對耶！」惠敏也想到這一點。

「那該怎麼辦？這下子要被火旺伯抓到警察局去了？」琇琇說，火旺伯一定是跟郭老師來教室找他們五個的。

「對了！有沒有同學有口罩？借我們五個用一下。」炳昌靈機一動，要同學們提供口罩。

「好的！」

「來了、來了。」

「快戴上吧！」

好幾個同學七手八腳的把口罩給找出來，要炳昌他們這幾個主事者趕緊戴起來。

「那就這樣子囉！」郭老師很開心的跟火旺伯說。

「當然、當然，教師研習會要我們餅店的禮盒，這當然是好。」火旺伯面對老師的嘴臉和對客人的完全不一樣。

走到門口的郭老師，看到炳昌他們五個戴著口罩，覺得非常不可思議的問：「你們是

怎麼了？」

「我們幾個有點感冒，不想傳染給其他同學。」炳昌戴著口罩，還故意壓低喉嚨說話。

「剛剛還好好的啊！」郭老師心想，上堂課全班都好好的，沒有一個人說感冒、戴口罩的。

「就是突然覺得喉嚨不舒服。」炳昌繼續說。

「一下子五個人喉嚨不舒服。」郭老師覺得奇怪到了極點。

「是啊！就是喉嚨很癢。」在炳昌座位後面的博懷這麼說，他還故意咳了幾聲給郭老師聽。

「好像真的很嚴重。」郭老師狐疑的說道。

這時候走廊上的火旺伯，突然覺得有點奇怪的走進教室，認真的看著班上的同學……

「火旺伯，怎麼了？」郭老師覺得今天是怎麼？大家都有點怪裡怪氣的，火旺伯看她的學生要做什麼？

「咦？」火旺伯盯著戴口罩的炳昌看了許久。

「火旺伯，是怎麼了？」郭老師再問一次火旺伯。

「這個孩子好眼熟啊！」火旺伯又看了炳昌幾眼，全班同學這時候都跟著緊張起來。

「請問你是誰？」炳昌故作迷糊、假裝不認得火旺伯。

「我之前見過你嗎？」火旺伯問炳昌。炳昌用力搖頭，深怕別人沒看見。

「火旺伯見過炳昌？」郭老師問火旺伯。

「咦？」火旺伯看炳昌實在是面熟。

「咦！」炳昌也學火旺伯說話的方式。

「我真的在哪裡見過你，可是現在怎麼想都想不起來。」火旺伯搔著頭說。

「這時候的孩子都差不多是這樣，火旺伯可能是記錯了。」郭老師在一旁笑著說。

「我想起來了……」火旺伯突然這麼說起，二年六班的同學們全部心跳都加快了不少。

「啊！」這時候有個坐在後門附近的男同學，他突然大叫起來，衝到教室外面大喊大叫。

「發生什麼事情？」郭老師看到這個場景趕緊追了出去，連火旺伯也跟著追出去。過了一會兒，郭老師和火旺伯把那位男同學給帶回教室，男同學還拚命掙扎著……

「大頭，你是怎麼了？」郭老師細心的問綽號大頭的同學。

「我突然不想上課。」大頭虛應一應故事，其實他是想轉移火旺伯的焦點，讓他不要認出炳昌。

「今天大家到底是怎麼回事？」郭老師愈想愈奇怪，這些孩子剛開學就有點不對勁，是暑假發生什麼事情？

「就是不想上課而已，沒事！」大頭看他的目的應該達成了，他也就懶得多說些什麼。

「那麼火旺伯，我就不跟你談了，今天學生的狀況有點多。」郭老師跟火旺伯道歉。

「沒關係，我知道現在的老師不好當。」火旺伯又提到上次遇上的孩子，年紀小小、花樣還真多。

「聽火旺伯這麼說，那一定不是我們班的同學。」郭老師對自己班上的同學很有信心。

「哈哈哈……」榮杰聽到這裡又大笑起來。

「這是怎麼回事？湯榮杰，你也不想上課嗎？」郭老師心想這到底是怎樣的一天，學生狀況實在有夠多！

「沒有，剛剛想到一件很好笑的事情。」榮杰聽著郭老師和火旺伯的談話，是真的覺得很好笑。

「一定不是的，郭老師教出來的孩子，不會像那天那幾個小鬼那麼沒教養。」火旺伯又把炳昌他們幾個給罵了一頓，他沒有想到，他說的那幾個傢伙，現在就正聽他說這些話。

「你知道他們是幾年幾班的？」郭老師好奇的問火旺伯。

「有個帶頭的竟然說，為什麼要告訴我？」火旺伯邊說邊搖頭。

這個時候，二年六班的同學們都知道火旺伯說的一定是炳昌，大家就窸窸窣窣的笑著。

「是炳昌。」

「那個人就在裡面。」

「竟然還沒認出來，真遜。」

二年六班的同學們開始討論起火旺伯說的人，竟然還有人偷偷指了炳昌一下，然後又把手指給縮了回去。

「你們是找我麻煩啊？」炳昌用手指跟同學們比了個手勢，要他們別再說了，安靜點好。

「郭老師！」惠敏叫了郭老師一下。

「什麼事情？」郭老師側著頭問惠敏。

「郭老師，我是提醒妳該上課了。」惠敏說上課時間寶貴，要郭老師趕緊回來講台。

「郭老師，妳的學生真好學，妳趕快進去上課吧！我當天一定會準備好研習會的禮盒，請放心。」火旺伯客氣的說道。

「好的。我要去上課，火旺伯就不送你了。」郭老師跟火旺伯道別，回來今天氣氛有點奇怪的二年六班。

10 更新祕密武器

「明天要打仗，真是有夠忙的！」今天從一大早開始，炳昌就忙到不行，要準備的事情還真多！

有幾個同學下課後跟著炳昌到祕密基地，準備要搬空氣彈槍……

「我們先搬一把試試看！」炳昌跟榮杰兩個人抬起一把空氣槍，準備要從祕密基地的二樓下到一樓去。

「啊！痛痛痛！」一個不小心，炳昌踩空一個樓梯，他和榮杰兩個人就從階梯摔到了一樓的地板，榮杰痛到哀號起來。

「不行，小東表哥的槍不能擦到。」炳昌不顧自己，倒是先檢查起小東表哥的槍有沒有擦痕。

「周炳昌，人比槍重要，你要先看看我有沒有擦傷，好嗎？」榮杰說炳昌這個模樣，套句小朋友最近流行的說法就是……很沒人性。

「這把空氣槍如果有擦痕，我就完蛋了！小東表哥一定會把我當成槍靶練習發射空氣彈。」炳昌說這個空氣槍可是小東表哥的命。

「你就不怕我把你當成槍靶練習發射？」榮杰說這種事他也做得出來，不是只有小東表哥。

「慘了！我慘了！真的磨出一條擦痕！」炳昌看到槍身上那條痕跡，他趕緊用衣服擦，卻怎麼擦都擦不掉。

「還好啦！不明顯、看不清楚的。」榮杰說不仔細看也看不到，小東表哥不會發現。

「哪有不明顯？非常、非常明顯。」炳昌真的非常緊張。

「你先不要緊張這條痕跡，你要先緊張這把槍並不輕，我們抬到校門口太笨重了！」榮杰說空氣槍這樣的祕密武器，可能沒辦法使用。

「那更慘了！我們的祕密武器派不上用場，這要怎麼辦？」在作戰的前一天發現武器不能用，炳昌這下子是巧婦無米難炊，將軍無槍能戰了！

「你自己先想想，我要先去保健室擦藥，擦好了還要回教室去寫檄文。」榮杰說時間寶貴，他就不跟炳昌在祕密基地耗了。

炳昌要榮杰先去把檄文寫好，這裡他會和其他同學討論。

「炳昌，我們要不要在祕密基地找找看有甚麼其他的祕密武器？」博懷從外面進來了一會，看到炳昌和榮杰討論的事情。

「這裡會有祕密武器嗎？」炳昌抬頭望了一下。

「祕密基本本來就是間儲藏室，塞了這麼多東西，我們翻一翻，或許有能用的。」博懷這麼說道。

「對了！我們上次藏的東西，要不要先挖出來？」炳昌想到那天跟琇琇撞到時，他們正在藏……

「不行啦！那是我們說好，藏在那裡，等到我們長大了再挖出來的東西。」博懷說辛苦藏進去，這時候又挖出來，前幾天何必費那麼大的力氣藏呢？

「打仗的時候應該用得到！」炳昌說那樣東西也有點攻擊性。

「喔！真是的，什麼都要掏出來了。」博懷說炳昌找不到武器，什麼都要拿來充數。

「好吧！那你在祕密基地找，我去外面挖我們藏的那個！」炳昌要其他同學跟博懷一起在祕密基地裡面翻箱倒櫃找找看。

炳昌邊挖邊說：「早知道這麼快要挖出來，我就不要埋得這麼深，現在挖得累

死了。」

就當炳昌挖得滿身大汗時，博懷和幾位同學跑出來嚷嚷著：「炳昌，你看這樣好不好？」

「這是……水槍？」炳昌看博懷他們拿了五把非常舊的水槍，可是水槍的大小跟他們本來的空氣槍滿類似的。

「是大型的水槍。」博懷說這藏在祕密基地二樓的另外一個房間，可能是以前沒收的學生玩具。

「趕快試試看能不能用？」炳昌催促著。

博懷和同學們到祕密基地的後頭，那裡有個水龍頭，他們把五把水槍裝了水，在那裡「試射」……

「博懷不要噴我啦！」一位小男生被水槍噴得一身都是水，他也把水槍對著博懷猛射。

「這些水槍都還可以用，只是會漏水而已。」博懷被噴到吃了一口水，還拚命的說給炳昌聽。

「沒關係，我們班人還滿多的，可以有同學用手槍，其他同學提水桶，又可以裝水、也能進攻。」炳昌這時候滿腦子都是大水衝進火旺伯餅店，沖垮火旺伯氣燄的畫面。

「哈哈哈……」炳昌自己得意的要命，捧著肚子在那裡笑起來，原本說好要挖的都不挖了。

「你光顧著笑！好吧！我來幫你挖好了。」博懷接著炳昌，開始在祕密基地前面用力的挖。

「到底是什麼？」

「我們的祕密武器現在不是水槍了嗎？」

「還要繼續挖嗎？」

班上其他同學問著炳昌和博懷，過沒一會兒，動作快的博懷，就已經挖到先前他們藏的……

「躲避球！」同學們這才知道炳昌他們藏了三顆躲避球在這裡。

「是啊！本來藏在這裡是想說，等我們長大了再來開挖，一定很有紀念價值，

既然都要打仗了，就什麼都拿出來用好了。」炳昌說躲避球也可以丟進火旺伯餅店當開路先鋒。

「火旺伯的玻璃窗就靠躲避球了！」博懷也抓到炳昌說的畫面，開始想像起火旺伯的玻璃窗被躲避球砸爛的情形。

「好過癮！」

「火旺伯就會知道小朋友不是好欺負的。」

「看他以後還敢不敢這樣欺負人？」

幾位同學在這裡講得好像火旺伯已經被徹底擊敗，愈說幾個人愈激動，一副已經準備好要上沙場的模樣。

這時候是中午休息時間，惠敏到祕密基地來找炳昌他們，看到他們拿著水槍、躲避球在那裡打起來，覺得不可思議極了……

「這是怎麼回事？」惠敏驚訝的問道。

「惠敏，妳來得正好，這是我們要攻打火旺伯餅店新的祕密武器！」炳昌當成寶一樣的炫耀著。

「就是……就是水槍加上躲避球？」惠敏瞪大了眼睛，不敢相信炳昌搞出這些破銅爛鐵當武器。

「我們要沖垮火旺伯的火！哈哈哈……」炳昌自己笑得很開心。

「你不是有空氣彈槍嗎？」惠敏問說，那空氣槍不用了嗎？虧小東哥還半夜扛來學校。

「我們小朋友把空氣槍移到校門口並不方便，這不是靈活的武器。」炳昌說作戰要靈活應變，不要太拘泥行事。

「你如果真的要沖垮火旺伯餅店，倒不如去校門口把那個消防栓打開還比較快！」惠敏跟炳昌這麼說。

「對耶！」炳昌覺得惠敏這個建議很有建設性。

「我只是隨便說說而已，來是為了提醒你，午休的時間快結束了，要記得回教室來，要不然郭老師會發現。」惠敏說完就自己回去教室。

其他幾位同學把祕密武器藏回祕密基地，也跟著回去教室，博懷要走時，炳昌叫住他……

「博懷，你等一等，我還有事要找你幫忙。」炳昌把博懷給留下來。

「祕密武器都準備好了，還有什麼事？」博懷不解的問炳昌，繼續待在這裡做什麼？

「你跟我去校門口一下！」炳昌拉著博懷就往校門口走。

「要去做什麼？刺探軍情？」博懷不明白的問炳昌。

「我們去研究一下消防栓。」炳昌說道。

「你真的要聽惠敏說的那套，把消防栓的水打開，沖進火旺伯餅店？」博懷說炳昌真是個恐怖份子。

「都已經決定要做了，就徹底的做好！」炳昌張牙舞爪的說。

「我開始同情火旺伯了，這樣一搞，我看火旺伯家的月餅蛋糕都會被沖到馬路上來。」博懷說這樣有點太狠了。

「動作快一點啦！惠敏不是說要我們趕在午休之前回去。」炳昌催促著博懷，要趕緊溜出校門口。

「可是那裡有工友伯伯！」博懷躲在川堂旁邊的欄柱，往校門口望時，看到工友伯伯拉著一把凳子坐在大門旁邊開的小門中間。

「這樣要怎麼出去？」博懷問炳昌。

「我爸爸說，要用平常心來做事，我們用平常心試試看可不可以出校門？」炳昌這麼告訴博懷。

「什麼是用平常心出校門？」博懷心想炳昌說得這是什麼謬論？

「我們平常出校門遇到工友伯伯都怎麼說？」炳昌問博懷。

「說工友伯伯好！」博懷答道。

「那我們就很正常的跟工友伯伯問好，當做什麼事情都沒有一樣的走出校門口。」炳昌認真的說。

「跟真的一樣？」博懷皺著眉頭問。

「當然囉！我們如果慌慌張張的走過去，工友伯伯就知道我們是要做壞事。」炳昌非常有自信的說。

「你八成常常用這種方式做壞事。」博懷瞪了炳昌一眼。

「等等經過工友伯伯的旁邊，不可以隨便亂瞪人喔！」炳昌提醒著博懷，博懷要炳昌放心，自己只會瞪炳昌而已。

「走吧！」炳昌指揮著博懷。

經過大門旁邊的小門時，炳昌堆著燦爛的微笑說：「工友伯伯好！」博懷也跟著說了一句。

工友伯伯本來已經有點打盹，突然來了兩個小朋友的聲音闖入夢境，他的眼睛還沒睜開，兩個小傢伙已經一骨碌溜到校門外面去，工友伯伯在半睡半醒間，也就咕噥了幾句，繼續回到夢鄉。

「你看！有用吧！」炳昌非常得意。

「這不是靠你說的平常心，而是靠工友伯伯的瞌睡蟲。」博懷說他一點都沒有發現平常心的作用。

「反正有效就好，出了校門最要緊。」炳昌大搖大擺的說道。

「惠敏說的消防栓在哪裡呢？」博懷在大門附近找著。過了一下子，他立刻就看到消防栓，只是……

那個消防栓竟然就在火旺伯餅店的旁邊，如果火旺伯往門口方向一看，立刻就會看到。

「這樣不是很危險？一定會被火旺伯發現的。」博懷說這實在是不太妙，一定會被火旺伯抓到警察局去的。

「你很膽小耶！火旺伯才不會那麼無聊，沒事往門口望的啦！」炳昌說不用擔心，趕快研究清楚就可以進教室。

「好可怕！」博懷覺得這真的是很冒險，簡直就是去送死。可是當博懷這樣想時，炳昌已經三步併作兩步跳到消防栓的旁邊。

「博懷，快過來啦！」炳昌揮著手要博懷過去。

「臭炳昌，一定要把我抓去送死他才甘願。」博懷邊罵邊走過去對街，他幾乎是用匍匐前進的方式低身溜過去。

「這個消防栓要怎麼打開？」炳昌在那裡研究起來。

「好像是這裡。」博懷指著有個很大的圓孔說：「好像要有個栓子套上去才打得開。」

「那要怎麼找栓子？」炳昌在那附近找起來。

「不會放在馬路上吧！一定是消防隊員自己帶來的。」博懷說這樣才合理，丟在馬路上應該會被路人拿走。

「那用這個試試看。」炳昌在馬路旁找到一根大樹枝，就在馬路旁邊對著消防栓敲了起來。

「你這是要做什麼啊？」博懷快被炳昌給嚇死。

「看能不能把栓子敲開。」炳昌說得理所當然的模樣。

「這怎麼敲得開啦！」博懷覺得炳昌真的有夠說不通的。

「不試，怎麼知道？」炳昌一臉認真的說。

這時候有輛警車從遠遠的方向過來，指著炳昌和博懷說：「你們兩個在這裡做什麼？」

「啊！」

「警察來了！」

炳昌和博懷尖叫了起來，當場拔腿就跑……後面還有火旺伯從店裡面衝出來說：「你們兩個小鬼！」

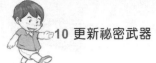

「快跑啊！快跑進學校。」炳昌緊拉著博懷，也不管工友伯伯睡得東倒西歪，兩個同學「咻」的一聲就從工友伯伯旁邊跑過，像一陣煙似的溜進校門內。

校門外面還傳來火旺伯的怒罵聲：「中午時間還跑出來學校搗蛋，你們兩個下次不要被我抓到！」

11 檄文要怎麼發？

衝進教室的博懷，偷偷問坐在他前面的炳昌說：「警察會不會跟火旺伯一起來教室抓我們？」

「你很膽小耶！怎麼變得跟琇琇一樣了。」炳昌轉過頭去小聲的對博懷說，博懷頓時給了一個他的招牌動作「用小小的三角眼斜斜的瞪人」。

「剛才火旺伯會不會發現，我們兩個就是上次去他店裡要伍佰元的學生？」博懷說這下子可好了，他們兩個活生生的把警察和火旺伯打在一塊。

「才短短一下子的時間，火旺伯沒有那麼聰明啦！」炳昌覺得火旺伯應該只有看到他們兩個的背影。

「真的嗎？」博懷不太相信的喃喃自語。

「你們兩個怎麼一直竊竊私語啊？說來給同學們聽聽。」郭老師歪著頭看看炳昌和博懷。

炳昌對郭老師賊賊的笑了一下，等到郭老師不再注意他後，就問旁邊的榮杰說：「檄文寫好了？」

榮杰點了點頭說：「好了！」還趁郭老師轉身寫黑板時，打算把檄文丟到炳昌

的桌子上，偏偏這時候郭老師突然轉過身來……

二年六班的同學們心臟都要跳出來了，還好惠敏指著黑板大聲的說：「郭老師，妳的板書寫錯了。」

郭老師立刻轉過身去看看黑板說：「錯在哪裡？」榮杰也在這個時間的空檔，順利的把檄文丟過去給炳昌。

「啊！對不起，是我看錯，剛才一下子眼花、看錯了。」惠敏跟郭老師連聲說對不起。

「惠敏，最近還好吧？又是喉嚨不舒服、眼花，妳是怎麼了？」郭老師非常認真的問惠敏。

「沒事啦！可能是開學症候群。」惠敏隨便掰了一個名詞。

「你們不要小小年紀就毛病一大堆，趁現在年紀小，也要養成運動的好習慣。」郭老師順勢要大家多多運動。

「有啊！我們這個禮拜運動得可多了。」炳昌想想，他這星期可是有夠累的，沒想到打一場仗會這麼累！

「你那是勞動，才不是運動。」博懷在炳昌後面酸了一句。

「反正就是有動到啦！」炳昌嘻皮笑臉的說。

郭老師安撫這群小朋友，繼續好好的上課，炳昌則是抓住空檔，偷偷瞄了檄文好幾眼，他忍不住看到嘻嘻笑著……

「周炳昌，你在做什麼？」郭老師也瞄到炳昌偷看抽屜裡的東西，她走下講台問炳昌……

「那裡、那裡……」有個小男生很想替炳昌解圍，他又用了老套，指著黑板上的東西。

「你們這幾天真得很奇怪，是不是瞞著我做了什麼事情？」郭老師的眼睛這次沒有轉過去，她覺得二年六班全班好像串通好了似的。

「沒有啊！」炳昌什麼都不肯說。

「我有看到你在看抽屜裡的東西，而且還看到笑了出來。」郭老師說她明明有看到。

炳昌這下子說不出話來了，可是他一旦把檄文給拿出來，所有的事情全都要曝光！

「炳昌，可以請你把抽屜裡的東西拿出來給我看看嗎？」郭老師直截了當的問了炳昌。

「這……」炳昌這下子可糗了。

「先放在老師這裡，要不然你上課都不專心，我放學的時候會還給你。」郭老師說道。

榮杰瞪著炳昌，他想那張紙上面的字跡，郭老師一看就知道是他寫的，等等要怎麼回答郭老師啊？

「郭老師，妳的意思是說，只要我不要偷看、專心上課就可以，對不對？」炳昌問郭老師。

「是啊！你這樣一直分心，我當然會想把你抽屜裡的東西先拿來，讓你專心在課堂上。」郭老師回答炳昌。

「好吧！」炳昌這時候把手伸進抽屜，拿住那張紙，同學們的嘴巴都張得很大……

沒想到炳昌竟然一口氣把紙給吞了下去。

「周炳昌，你這是在做什麼？」郭老師被炳昌突如其來的動作給嚇到，也來不及制止。

炳昌非常認真的吞了那張紙，還一直猛吞口水，才把紙張非常費工夫的吞嚥下去。

「有夠難吃的。」等到全部吞進去後，炳昌還罵了幾句，說這是他吃過最難吃的東西。

「因為那不是拿來吃的啊！」郭老師簡直是被炳昌給嚇傻了，就看到炳昌活生生的吞一張紙。

「郭老師，這樣我就再也不能偷看，會好好專心上課了。」炳昌對郭老師這麼說。

「你們這一班過了暑假之後，全都有點怪怪的。」郭老師這下子也不好說什麼，她是繼續上課，可是滿腦子想著炳昌吞掉的到底是什麼？

下課後，郭老師把炳昌叫到教師休息室問說：「你是在看什麼？竟然為了不讓

我看到，還把紙給吞了進去。」

「沒什麼啦！」炳昌死都不肯說。

「你今天一定要在教師休息室跟我說清楚，要不然我會擔心你。」郭老師似乎沒有要放炳昌回去的意思。

「郭老師，那妳保證不會跟別人說嗎？」炳昌非常正色的問郭老師，他是準備給郭老師一個理由。

「我不會告訴其他同學。」郭老師保證。

「可是連其他校長、老師，你都不能跟他們說喔！」炳昌再三強調，還要郭老師保證。

「我發誓一定不會。」郭老師舉著手說。

「其實，那是博懷寫給琇琇的情書。」炳昌覺得不說出個理由，郭老師一定不會放過他，只好把博懷拖出來當墊背。

「情書？」郭老師睜大了眼睛。

「所以我才說你不能說，你如果說出去，這樣博懷不是會很不好意思？」炳昌認真的對郭老師這麼說道。

「是啦！可是博懷寫給琇琇的情書，為什麼會在你那裡？」郭老師覺得有點奇怪。

「他要我幫他看一下，這樣寫得好不好？」炳昌煞有其事的解釋給郭老師聽，畢竟他是這個星期的班長，博懷有事情當然會跟他討論。

「班長還會管到這個喔？」郭老師覺得炳昌實在是服務熱心。

「我媽媽說，我跟外公一樣，專門管人家的閒事管到不遺餘力。」炳昌得意的說道。

「是啦！熱心助人也算是種美德。」郭老師點點頭。

「郭老師，你也不准去跟博懷說這件事情，要不然他會覺得我出賣他，再也不跟我好了。」炳昌說郭老師一定要小心點，千萬別說溜嘴。

「我知道的，當老師的一定會給學生留面子。」郭老師這次也舉手保證，絕對不會跟博懷說。

「那我要回教室去了。」說完後，博懷就大搖大擺的走回二年六班，同學們一

對對的眼睛都焦急的望著他。

「怎麼樣？」

「把檄文的事情說出來了？」

「郭老師知道我們要進攻火旺伯餅店？」

大家都覺得炳昌一定被郭老師給「逼」得說出實相，炳昌很臭屁的說：「我怎麼會是這種人？郭老師一直要我說我都不說一個字，她拿我沒辦法，只好放我回來了。」

「你真的很有種耶！周炳昌。」博懷忍不住誇讚炳昌做得很好，說他真是個好班長。

「沒有、沒有啦！」看到不是別人、正是博懷這麼說，炳昌有點心虛，不敢太過囂張。

「你現在會不會想吐啊？」琇琇看到炳昌狼吞虎嚥的吞進檄文，她擔心炳昌會消化不良。

「沒關係，就當吃素。」炳昌說吃張紙跟吃青菜沒什麼兩樣。

「我真的也很佩服你。」榮杰說，他在一旁被炳昌的突如其來的行為也嚇得一愣一愣的。

「怎麼辦？我把檄文給吞掉了。」炳昌看到榮杰，就問他這該如何是好？榮杰不是白寫了？

「剛剛你去郭老師那裡，我已經重新寫好了。第一封是我自己寫的，我都記得。」榮杰又抄了一份給炳昌看。

「我們都看過了，很感動耶！」琇琇這麼說道，她說榮杰把她失去伍佰元的心情寫得好好。

「你剛剛也真是的，好好看就好，為什麼還笑出聲音來？才會被郭老師給抓到。」惠敏說炳昌這實在是太粗心了。

「我只是想到要到處發這張檄文，我就覺得非常好笑。」炳昌想到在校門口常常會收到別人給的傳單，沒想到自己會有一天，也要來發這種東西，上頭還是寫著為什麼要討伐火旺伯的理由。

「你剛剛真的好機警，一下子就把那張紙給吞掉。」博懷到現在還由衷的佩服

炳昌。

「其實我最機警的是在教師休息室，跟郭老師說那是你寫給琇琇的情書。」炳昌在心裡偷偷的笑著。

「哈啾！」另一邊的博懷突然打了一個噴嚏，他皺眉揉著鼻子說：「一定有人在我背後說我壞話。」

「對了！那我們要怎麼發檄文？」炳昌問起全班同學。

「不可以太早發，要進攻前再發給大家，要不然早早發過之後，祕密就洩漏出去了。」惠敏提醒炳昌。

「明天星期五，我們明天要進攻前再發好了。」炳昌這麼說了。

「明天什麼時候進攻？」另外有個女同學問炳昌。

「放學的時候，這樣我們進攻完，拿到琇琇的伍佰元，再各自回家，火旺伯也抓不到我們。」炳昌覺得這個計畫實在是妙透了。

「那就放學前打掃的時候趕快發。」惠敏說道。

「好啊！」

「贊成！」

「就這樣辦了。」

同學們雖然沒有表決，可是大家似乎一下子就達成共識。

「那要發幾份？」榮杰提到這件事。

「我們學校有多少人啊？」炳昌突然問大家。

「上次好像聽說有一千多人。」博懷這麼說。

「一千多人！這麼多。」炳昌接著說，這樣要發個一千份的檄文，這樣非常多耶！

「那要怎麼做成一千份？」琇琇問了一個非常重要的問題，因為眼前只有榮杰寫好的那一份。

「可以去影印。」惠敏說看爸爸曾經到超商去影印過，就是只要有一份，就可以複製出其他一模一樣的紙張。

「影印一張要多少錢？」炳昌問惠敏。

「我記得那次陪爸爸去影印，一張好像是兩塊錢。」惠敏說她記得很清楚，是

這個價錢沒錯。

「一張兩元，一千份不是兩千元？」博懷嚷嚷著，這實在是有夠貴的，花兩千元去搶琇琇那張伍佰元，一點都不划算。

「這要怎麼辦？」琇琇也覺得不行，這樣實在是不划算。

「那不要印那麼多份，要同學們兩個人看一份，這樣就省很多了。」炳昌想了想後說。

「就算是五百份，也要一千元，還是比琇琇的伍佰元多上一倍。」數學很好的博懷猛搖頭。

「這要怎麼辦？」炳昌這才發現這可是個大問題。

「還是再印少一點。」惠敏建議印個兩百五十份，這樣就跟琇琇的伍佰元一樣多了。

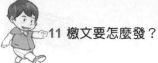

「還是不划算，花伍佰元去搶伍佰元，不優。」博懷仍然投反對票，他說還是太貴。

「去跟火旺伯搶回伍佰元，這是面子的問題，不要計較這麼多啦！」炳昌是這麼說。

「印個兩百份好了，只要四佰元，比伍佰元少一佰元。」博懷覺得這樣他比較甘願。

「好吧！」

「就這樣囉！」

同學們是初步同意，可是又有一個問題了……

「那錢要誰出？」

一談到出錢，這群小學生們就面面相覷了。

12 多點零用錢

討論了很久，沒有一位小朋友願意掏出零用錢付這筆影印費，炳昌就說：「我們回家想想，明天再來學校討論，反正是明天才要發檄文。」

於是二年六班的同學們就各自回家，炳昌心想自己是班長，應該付這筆錢才是。「可是，我沒有這麼多錢，錢都在爸爸媽媽那裡。」炳昌走在回家的路上這麼自言自語著。

炳昌每個星期的零用錢也不多，一佰元都不到，有什麼需要都是跟媽媽說，由媽媽去付的。

「這要怎麼跟媽媽說呢？」炳昌覺得滿麻煩的。

結果當天吃完晚飯，炳昌在吃水果時就跟媽媽說：「媽媽，妳可不可以把我的零用錢調高？」

「你要這麼多錢做什麼？」媽媽第一個反應就是這樣。

「同學們的零用錢都比我多耶！」炳昌這麼說時，他心裡也覺得的確是如此，跟其他同學比起來，媽媽管他的錢管得很緊。

「那你覺得自己的零用錢應該調高到多少？」媽媽問炳昌，合理的零用錢數字

請炳昌自己說說看。

「我覺得一個星期的零用錢應該是一佰元才對。」炳昌說他的零用錢一佰元都不到，在班上算非常少的。

「可是你有任何的需要跟我說，我都付錢啊！幾乎沒有不付的。」媽媽說得理直氣壯的。

「一佰元也不多，就給他好了。」爸爸對錢的事情一向寬鬆，他覺得炳昌一個星期要一佰元也不過份。

「我在教孩子，你就跟我同個陣線好不好？」媽媽說爸爸每次都這樣，才使得炳昌老是會看風向球，見縫插針。

「如果同學的零用錢都比炳昌多，我怕孩子會有自卑感。」爸爸說他不是在跟媽媽唱反調，而是擔心炳昌的感受。

「我這幾天才在一本雜誌上看到，孩子成長的過程中，要讓他們稍微體會到一點匱乏感，這樣他們才不會被寵壞，我還在想下次他跟我要什麼，我不會這麼順他的意，結果現在他才來說要提高零用錢，你馬上在旁邊幫腔。」媽媽說炳昌還真

「靈」，比她還早一步行動。

「如果一個星期給你一佰元，你要花在什麼地方？」爸爸順口問起炳昌，想聽聽他的想法。

「真的可以？可以一次給我一個月的零用錢嗎？不要一個星期、一個星期給。」炳昌心想，一個星期一佰元，一個月就是四佰元，他就可以拿零用錢去影印檄文，完全足夠！

「為什麼一次要給一個月？」媽媽覺得炳昌可奇了。

「你是有什麼東西想買嗎？」爸爸也跟著好奇起來，他覺得炳昌一定是看上某樣東西，要拿零用錢去買。

「也不是東西啦！」炳昌喃喃自語的，說得不太清楚，他沒辦法跟爸媽解釋要拿錢去印檄文。

「這不行，我還是堅持要一個星期給一次零用錢，要不然你一拿到錢就立刻花光。」媽媽這麼說道。

「不會啦！就算我一下全花光，妳就這個月不要再給我零用錢就好了！」炳昌

解釋時還心想，這又不是什麼難事，媽媽這麼堅持做什麼？

「一個月調高零用錢到一佰元已經很好了，不要得寸進尺。」媽媽說這沒得商量。

「媽媽！妳別這樣啦！我也沒有多要零用錢，妳既然答應一個星期給我一佰元，一個月先拿四佰元也是合理的。」炳昌覺得好不容易讓媽媽答應一個星期給一佰元，結果還卡在媽媽不願意一次給一個月的零用錢，真讓人扼腕。

「管理金錢本來就包含金錢的運轉，你以後長大了就知道，即使錢的數目一樣，多幾天先拿到，就是要算利息的。」媽媽非常堅持給錢的時間。

「爸爸！」炳昌轉而向爸爸求情。

「你到底是要買什麼？」爸爸覺得炳昌一定是有要買的東西，只是不想跟父母說明白。

「我可以答應你，你真的有需要先拿到一個月的零用錢，你就要寫報告給我，說明理由，合理的話我就會先給你一個月的錢。」媽媽說得非常清楚，炳昌還得打報告呢！

「有必要這麼嚴格嗎？」炳昌覺得媽媽真是找他麻煩。

「你以後做事也是要這樣，如果需要爭取經費，都是要寫理由、說服他人，天下沒有白吃的午餐。」媽媽希望炳昌能夠學習到這點，她說這是負責任的態度，早學、晚學都要學，就小時候學好。

「真是有夠……」炳昌還沒抱怨完，看到媽媽的神情，就把到了嘴邊的話給吞了回去。

炳昌回到自己房間，愈想愈不甘心，他真的有種煮熟的鴨子飛了的感覺：「都已經快要弄到四佰元，結果竟然要一星期、一星期的分次拿，根本沒辦法在明天拿到四佰元去影印。」

炳昌自言自語的說：「那還有什麼辦法可以弄到四佰元？」

「對了！」炳昌突然有個想法，他立刻跑去找阿嬤商量。

「你說你要先跟我借四佰元，然後每個星期還我一佰元？」阿嬤睜大了眼睛問炳昌。

「是啊！媽媽答應我零用錢要調高，變成每個星期一佰元，我就每個星期還阿

嬤一佰元。」炳昌算好了跟阿嬤說。

「怎麼跟你媽媽說的一樣，你媽媽剛才才來對我說，炳昌一定會來找我，用這個方法跟我要四佰元。」阿嬤說炳昌的媽媽千交代、萬交代，千萬不要順炳昌的意，這樣會妨礙她教孩子。

「媽媽真的是太厲害了。」炳昌不得不佩服媽媽對他實在瞭若指掌，連他會動腦筋找阿嬤，她都會算到。

「你就跟媽媽講清楚就好，不就可以一口氣拿到四佰元嗎？」阿嬤不解的問炳昌。

「小朋友不見得會把全部的事情跟媽媽說的，阿嬤！妳太不瞭解現在的小朋友了。」炳昌老聲瓜氣的對阿嬤說。

「沒辦法，你媽媽都特別跟我說過了。」阿嬤一臉抱歉的對炳昌說不好意思，不是她不願意借炳昌，而是這次她也覺得炳昌的媽媽說得沒錯。

「阿嬤好小氣。」炳昌氣呼呼的罵了小小一聲，又回到自己房間去了。

「竟然被媽媽防堵到了。」炳昌真是愈想愈不甘心，他走出房間說要去同學家玩。

「你可不要去跟同學借四佰元啊！」媽媽認真的盯著炳昌，她剛剛才聽了阿嬤對她描述炳昌借錢的經過。

「小朋友沒有那麼多錢的，妳放心。我同學花自己的零用錢都不夠了，怎麼會借我？」炳昌沒好氣的說道。

「那要記得早點回家。」媽媽囑咐著。

炳昌出了家門，他就直接衝往小東表哥家，他想小東表哥總會理解他的想法吧！

「借四佰元？你要這個錢做什麼？」小東表哥也是這麼問。

「為什麼每個人都問我一樣的問題？」炳昌實在不明白。

「四佰元是不多，可是對一個小朋友來說是很多，當然要問清楚啊！」小東表哥說這個問題一點都不過份。

「小東表哥，你一定也有很多事情不願意讓大阿姨知道，也不讓我知道，你就不要問我，行不行？」炳昌有點不想說明。

「那你就沒辦法借到我的錢。」小東表哥說得理所當然的模樣。

「你們對我都好吝嗇喔！」炳昌抗議著。

「這不是對你吝嗇，而是對你好。小孩子亂花錢，如果買了不好的東西該怎麼辦？」小東表哥要炳昌不要把別人的好意想壞。

炳昌不得已，只好把檄文要影印兩百份的事情跟小東表哥說明，他說就是因為這樣才需要四佰元。

「所以我才說，要先問清楚。」小東表哥聽了炳昌說的理由，他說很多時候，因為資訊的不足，就會多花冤枉錢，如果先聽聽別人的意見，或許不用花到這麼多錢，也可以達到同樣的目的。

「真的嗎？」炳昌聽了很高興，他知道小東表哥一定又有些妙招可以教他，他現在很慶幸自己把理由說給小東表哥聽。

「像我們學校對面的影印店，影印一張才一元，假如你要印個兩百張，就只要兩佰元，根本不需要到四佰元，當場省了一半。」小東表哥說這就叫不懂行情，被當肥羊宰。

「可是如果需要兩佰元，我也不夠一佰元，媽媽只願意先給我這個禮拜的一佰元。」炳昌想了想，錢還是不夠。

「所以就要想替代方案，比如說，你可以選擇影印一百張、發一百份就夠了。」小東表哥建議。

「一百份檄文好像有點太少。」炳昌想了想，他甚至覺得兩百份都有點少，更別說一百份了。

「好！既然一定要兩百份檄文，那我問你，你們班上有幾個人？」小東表哥問炳昌。

「總共二十九個同學。」炳昌回答。

「兩百份讓二十九個同學抄寫的話，每個人抄個七份，這樣就超過兩百份了。」小東表哥算給炳昌聽。

「對耶！明天去學校，要同學們每個人抄個七張檄文，這樣數目就夠了。」炳昌覺得小東表哥真的是厲害。

「其實說出理由，有時候是聽聽別人更好的想法，這樣不是很好嗎？」小東表哥問炳昌。

「是啊！我知道了。」炳昌很謝謝小東表哥，然後飛也似的衝回家，進家門時還吹著口哨。

「這是這星期的零用錢。」媽媽把一佰元給炳昌，炳昌接過來後說：「謝謝媽媽。」

「咦！」媽媽發現炳昌的心情很好，跟之前出門時判若兩人，她很好奇炳昌是吃了什麼藥？

「我想通了，謝謝媽媽願意調高我的零用錢，我已經很幸福了。」炳昌滿臉笑容的說著。

「你的問題解決了？」媽媽好奇的問炳昌。

「解決了！解決事情不一定要用錢才能解決。」炳昌從這次的例子學到教訓。

「真的是這樣。」媽媽覺得炳昌這個心得極好，希望他把經驗一直放在心裡。

第二天，炳昌又急急忙忙的準備上學，他非常趕著要進學校，因為今天得叫同學們抄檄文，需要一點時間。

「炳昌，兩百份的檄文要怎麼辦？」博懷進到教室就問炳昌。

「本山人自有妙招。」炳昌得意極了。

「你要掏你自己的零用錢出來？」博懷問炳昌。

「不是！」炳昌大力的搖搖頭。

「其實……炳昌，我的零用錢很多，昨天我本來想說要出這筆錢，可是又有點捨不得。」榮杰這時候跟炳昌「告解」。

「沒關係的。」炳昌拍拍榮杰的肩膀。

「到底是怎麼回事？周炳昌，你……你中了大樂透不成？」惠敏一臉狐疑的問起炳昌。

「大樂透好像是星期五晚上才開獎。」博懷在一旁提醒惠敏，要到今天晚上才開獎大樂透。

「到底要怎麼解決啦？」榮杰叫炳昌不要賣關子了。

「我們每個人幫忙抄七張檄文，總共就超過兩百份了。」炳昌說這是昨天跟小東表哥討論的結果。

「對耶！」博懷很快的算了一下，的確是這樣沒錯。

「這樣就不需要任何一個人貢獻零用錢出來了！」榮杰這時候完全釋放了他的罪惡感。

「是耶！的確是這樣。」

「那我們趕快來抄。」

「快一點，不是放學前打掃的時間要發檄文。」

已經來到班上的同學們開始討論起這件大事來。

「可是……」琇琇這時候有點不好意思的舉起手。

「妳怎麼了？」炳昌不明白琇琇在擔心什麼。

「那個檄文……」琇琇還是說不出口。

「妳說吧！」炳昌要琇琇就說出來，大家可以一起商量，這是他昨天跟小東表哥學到的道理。

「那篇檄文我昨天有看到，可是很多字我都不會，更不要說寫了。」琇琇說她認得的字並不多。

「沒關係啊！我可以把原始的這張寫上注音，大家在抄的時候，不會寫的字就寫注音好了。」榮杰立刻想到解決辦法。

「好！我們兩個字認得多，我們先趕快抄寫原始的檄文，再把我們抄好的傳出去讓其他同學抄。」惠敏這麼跟榮杰提及。

於是，二年六班的同學們，星期五一早進教室，就開始努力的抄寫討伐火旺伯的檄文。

13 真正的祕密武器

為了抄寫檄文，二年六班的同學們幾乎都豁出去了……

「惠敏，請問這個字怎麼寫？」

「我不知道這是什麼意思？」

「榮杰，你這個字太草了，我看不出來是什麼字。」

同學們都抓著惠敏和榮杰問檄文的內容，他們兩個更是忙得不可開交，全班同學從來沒有寫一篇作業寫得這麼專心的。

「各位同學，請大家看一下這裡。」炳昌突然站在講台上，他要大家抄寫檄文時要小心一點，要比寫作業還要認真，務必要讓收到檄文的同學們能夠看懂全文，這樣大家進攻火旺伯餅店時才會得到別人的支持。

「知道啦！炳昌，你自己先好好抄，別忘了，你自己也要抄七遍。」有個小男生提醒炳昌，最要小心抄檄文的就是他。

「我好好好抄的，我現在已經認得很多字了。」炳昌為自己辯駁，他覺得這個男同學也真是的，就這樣明白的挑戰他班長的權威。

「其實我們每個人抄七張的話，炳昌只要抄四張就湊足了兩百份檄文。」博懷

算了一下後這麼說。

「不好意思啦！大家都抄七份，我怎麼可以偷懶。」炳昌其實很討厭寫作業，暑假作業也是家人幫忙寫了一大半，可是他現在有班長的責任在身，要以身作則，不能這麼混。

於是炳昌也好好的跟著榮杰學習檄文上的國字，然後坐在自己的位置上很努力的抄寫。

「阿寶，你不要鬧了，我現在正在忙。」琇琇今天帶來阿寶老鼠，阿寶今天吵得不得了。

「啊！」然後過了一會兒，琇琇突然尖叫了一聲。

「發生什麼事情？」炳昌趕快去琇琇那裡看看，他深怕檄文的抄寫發生意外的事情。

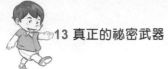

「阿寶把我的檄文咬了一個印子。」琇琇看到阿寶的齒痕留在她已經抄好的紙張上，唸了阿寶幾句。

「其實這樣也不錯，阿寶是我們二年六班的一份子，經過阿寶的認證再發出去也很讚。」炳昌說這樣很像蓋印章。

「阿寶要不要跟著輪流當班長？」有同學聽到炳昌說阿寶是二年六班的一份子，就說要阿寶也要輪著當班長。

「最好阿寶也可以抄檄文。」還有小女生囁嚅的說了一句這麼無厘頭的話，全班在繁忙的抄寫工作中都笑了起來。

「琇琇，我幫妳顧一下阿寶，妳專心抄檄文。」炳昌趁機把阿寶抓在手上，跟阿寶玩了起來。

「阿寶真的會在檄文上咬個印子。」炳昌說，阿寶也在他寫了一半的檄文上蓋上齒印。

「真是任性的老鼠，這麼我行我素，說了都不聽。」博懷低著頭抄寫時，還說了阿寶一句。

全班同學這時候都低著頭猛抄，連郭老師進到教室裡面都沒人發現……

「這是什麼玩意，你們怎麼都抄得這麼認真？」郭老師順手把坐在第一排的某位男生正在抄的檄文拿起來看……

「這不是榮杰的字跡嗎？」郭老師看了之後，整個人臉色大變，她覺得怎麼會有這樣內容的文章？

「榮杰，這是怎麼回事？」郭老師問榮杰。

「我……」榮杰真的不知道該從何說起。

「這裡也有一張。到底是怎麼回事？」郭老師從另外一位女同學的桌上，也拿起一張檄文。

「這張是惠敏的筆跡。」郭老師說內容跟剛才那張一模一樣，可是字跡是惠敏的，要惠敏說說到底如何？

「郭老師，這個是……」惠敏也說不出口。

「這些人喔！都不會學我當初一樣，把那張檄文給吞進肚子。」炳昌小聲的抱怨，班上同學真的很沒用。

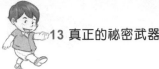

「炳昌，你這個禮拜當班長，這樣我要問你囉！」很多同學都望向炳昌，郭老師就抓了炳昌來問。

「好吧！那我說實話好了。」炳昌心想，事已至此，好像也沒有隱瞞郭老師的必要。

「郭老師，妳先深吸一口氣！」炳昌怕郭老師一聽到實相之後會昏倒，要郭老師先深呼吸一下。

阿寶也愈發不安，在炳昌身上竄來竄去，不停的動，好像知道二年六班的氣氛不太對勁。

「到底是怎麼一回事？」郭老師的臉色很難看，要炳昌一定要把整件事解釋清楚，二年六班的同學們緊張到呼吸都快跟著停滯了。

於是炳昌就從琇琇的伍佰元被火旺伯沒收說起，還有後面整個準備作戰、寫檄文的過程都說了一遍……

「天啊！我真的會昏倒。」郭老師踉蹌了一下，她扶著講台站好，試圖緩和她的情緒。

「郭老師，我有跟妳說先深吸一口氣的。」炳昌小心翼翼的說道，頭低低的，眼睛偷瞄了郭老師一下。

「這是結夥搶劫，是犯法的。」郭老師提高分貝的說道，她現在才明白二年六

班這陣子不太對勁的理由為何。

「結夥搶劫！」

「郭老師說得這麼嚴重。」

「這要判死刑嗎？」

同學們被郭老師一說，也跟著緊張起來，他們完全沒有概念郭老師說的到底是真是假？

「可是火旺伯真是太過份了。」炳昌感到非常不公平，去拿回一張屬於琇琇的紙鈔有什麼不對？

「你們竟然還準備了武器？」郭老師睜大了眼睛說道。

「是啊！就是水槍、水桶和躲避球，本來還想用校門口的消防栓，可是打不開水。」炳昌說要先用躲避球丟進火旺伯餅店的櫥窗，然後同學們一起用水進攻，再趁一片混亂的時候去火旺伯那裡，把琇琇的伍佰元給拿回來。

「然後這篇又是怎麼一回事？」郭老師不明白的問全班同學，看起來好像全班都在抄一樣的文章。

「那是檄文啦！」

「要先說明火旺伯的罪狀，這樣我們才好去進攻。」

「每個人要抄七篇，湊成兩百篇。」

二年六班的同學們七嘴八舌的說道，郭老師愈聽臉色愈綠，她覺得這群孩子真的是打定主意要實行。

「喔！我的天啊！我的天……」郭老師聽了之後就是不斷的驚呼。

「郭老師，其實這都是我的主意，你不要怪同學，都是我一手策劃的，妳要處罰就處罰我好了。」炳昌決定自己一肩挑起責任。

「沒有，是大家一起想的。」

「誰叫火旺伯欺負我們二年六班的同學。」

「大家都說好要一起做這件事。」

二年六班的同學們聽到炳昌說這話，全都跳出來「自首」，說自己有參與在其中。

「要討公道要用別的方法，不可以用違法的辦法，知道嗎？」郭老師積極的跟

二年六班的同學們解釋，這種進到別人店裡破壞的行為已經很嚴重了，如果還加上搶了一張伍佰元的鈔票回來，就做實了結夥搶劫，是有刑法責任，這可非同小可。

「就會被警察抓去關嗎？」琇琇小心翼翼的問郭老師。

「這樣的事，警察是會管的。」郭老師點點頭。

「可是，琇琇的伍佰元要怎麼辦？」炳昌問郭老師。

「我幫你們跟火旺伯協調，要好好的跟火旺伯談才是。」郭老師說她不是反對去要回那張伍佰元，可是二年六班打算做的事情太極端。

「郭老師都站在火旺伯那邊……」炳昌低聲的說了這麼一句話，臉上還擺出不屑的神情。

「你在說什麼啊？」郭老師聽到炳昌含混不清的說法，她覺得滿莫名其妙的。

炳昌就把自己在教師休息室看到火旺伯的情形也說了出來，他覺得郭老師一定比較偏袒火旺伯。

「你們就對郭老師這麼沒有信任？」郭老師說她有點難過，聽到同學們都不相信她。

郭老師再三表示：「二年六班的同學是我的學生，我當然會維護自己學生的權益。」

「可是妳都收了火旺伯的月餅蛋糕禮盒。」炳昌說有同學的媽媽說過，拿人手短的話。

「你覺得一盒月餅蛋糕就可以收買郭老師嗎？郭老師從一年級對你們的付出，連一盒月餅蛋糕都比不上嗎？」郭老師覺得又好氣、又好笑，也有點傷心，二年六班的同學們情願自己胡亂解決，也不願意跟她這個老師誠實說清楚、商量最好的解決方法。

「其實……也不是說不相信郭老師，而是進攻火旺伯餅店好像也滿好玩。」炳昌露出賊賊的笑容。

「我是你們的老師，你們做了錯誤的判斷，我當然要跟你們說明白。」郭老師說二年六班之前打算做的，的確是犯法的事情。

「那我們現在要怎麼辦？」炳昌問郭老師。

「我可以幫你們去跟火旺伯協調。」郭老師再三強調。

「可是我們想靠自己的力量跟火旺伯談。」炳昌想了想後這麼說道。他說可以不要用進攻的方式，可是請郭老師讓他們小朋友自己去跟火旺伯說清楚，畢竟這是他們跟火旺伯之間的事情。

「其實也對。」郭老師心想，炳昌說得也沒錯，她總不能把孩子的事情都攬下來自己做。

「那……你們要答應我一件事。」郭老師提出她的要求。

「請說。」炳昌煞有其事的說道。

「你們要做任何事情以前，要先跟郭老師討論。」郭老師說她這樣的要求並不過份，也是當二年六班導師的責任。

「好啊！」

「這樣很棒。」

「滿合理的。」

二年六班的同學們紛紛表示贊同，炳昌也同意，能夠跟多一點的人商量，聽聽別人的建議，就可以想出比較好的解決方法。炳昌心裡知道，這是他在跟小東表哥討論事情的時候，學到非常重要的一件事。

「那就說定了，你們還是可以找火旺伯討論，不過在做任何行動之前要先讓我知道。」郭老師跟同學們約法三章。

「郭老師，妳都沒有看見，火旺伯跟我們講話的時候非常兇、很不講理。」惠敏舉手說道。

郭老師是知道火旺伯的確是以脾氣不好聞名，可是火旺伯對老師們很客氣，她沒有看過他的這一面。

「就是嘛！都不講理，全都用兇的。」榮杰也附和惠敏的說法。

「我們是去談過之後，說不通才決定要用進攻的方法解決問題。」炳昌這麼說道。

「可是你們用的方法，也跟火旺伯差不多。」郭老師說二年六班原本決定採取的方式也是暴力，只是火旺伯是言語暴力，而二年六班的進攻就是肢體上的暴力和破壞。

「真的沒說錯！」惠敏點點頭。

「因為我們不想當弱雞啊！」炳昌又把《新人生觀》裡面說的「弱是一種罪惡」給搬出來。

「用講理的方式也不是弱雞，讓人家心服口服不是很好？」郭老師這樣建議二年六班的同學們。

「是啦！」

「也對，郭老師說得對。」

「這樣就不用抄那麼多遍的檄文，也比較輕鬆。」

同學們紛紛倒向郭老師，讓炳昌不得不要想想其他的方法來解決這個問題。

「火旺伯說很壞的孩子不會就是你們吧？」郭老師突然想起這檔子事情，火旺伯說得很氣的那群孩子。

「應該說的就是我們。」炳昌點點頭。

「所以那天火旺伯來的時候，你們才戴口罩？」郭老師問炳昌，班上同學則是一起點頭。

「那天你吞下去的就是這篇檄文？」郭老師又問了炳昌。

這次炳昌是真的非常不好意思的點點頭，郭老師心想：「這傢伙還跟我說是博懷寫給琇琇的情書，真的是……」

郭老師悻悻然的望著炳昌，炳昌卻又賊賊的笑了起來。

14 月餅蛋糕

因為不能採取進攻的方式解決火旺伯的問題，炳昌就跟幾個同學一起去整理祕密基地裡堆的「武器」。

「這下子全都派不上用場了。」炳昌覺得實在很可惜。

「空氣槍也要還給小東哥。」博懷趁著最後的機會，抓著空氣槍猛玩，他平常都沒有機會看到空氣槍。

「躲避球還要重新埋到土裡。」榮杰說埋進去、挖出來再埋進去，真是有夠麻煩的。

「水槍要放在哪裡？」琇琇和惠敏也來幫忙整理，她們問起炳昌，水槍原本是從哪裡找出來的？

炳昌說了之後，幾個人在祕密基地裡忙碌了起來，阿寶老鼠則是還在炳昌的口袋裡不安分的叫著。

「阿寶，現在該怎麼辦？」炳昌問起阿寶，阿寶也沒辦法回答，只是在炳昌的口袋裡轉來轉去。

「都整理好了，現在要去找火旺伯談嗎？」整理到一個段落，榮杰問起炳昌。

「去跟火旺伯重談，結果一定還是一樣。」炳昌有氣無力的說，火旺伯又不是個講理的人。

「我也這樣覺得。」惠敏同意炳昌的看法。

「誰叫你不讓郭老師去跟火旺伯談，火旺伯比較尊敬老師，一定可以把那張伍佰元給拿回來。」博懷務實的說。

「這樣很沒意思，我就是討厭火旺伯仗勢欺人，現在我們找郭老師去談，好像變成我們仗勢欺人一樣，仗著郭老師是老師的勢。」炳昌把他的想法解釋給其他同學聽。

「這樣說也是有道理。」

「我也同意。」

「的確是這樣。」

其他四位同學也認同炳昌的說法，可是想破頭都想不出解決的辦法為何，就在祕密基地裡發呆。

突然，炳昌把手伸進口袋，摸到阿寶老鼠，他的腦筋裡似乎被閃電打到了一樣……

「琇琇！阿寶……」炳昌突然想了起來。

「你在說什麼啊？」博懷說炳昌說得沒頭沒腦的。

「我是說，妳當時把那張伍佰元的鈔票，也是放在口袋嗎？」炳昌很認真的問起琇琇。

「是啊！」琇琇不明白的點點頭。

「廢話，鈔票不是放在口袋，那要放在哪裡？」博懷沒好氣的拍了炳昌一下，他覺得炳昌的問法真是不知所云。

「阿寶也在口袋裡面嗎？」炳昌急切的問道。

琇琇想了一下，她回答說：「有，阿寶也在口袋裡面，和那張伍佰元的鈔票在一起。」

「就是這樣！」炳昌興奮的說。

「阿寶和鈔票在一起會怎麼樣？」榮杰、惠敏都被炳昌給搞糊塗了，他們不知道炳昌為何這樣問？

「阿寶一定會在鈔票上面留下齒印，就像剛剛在抄檄文一樣。」炳昌眼睛睜亮的說。

「有耶！那天我去換伍佰元的鈔票之後，阿寶還在鈔票上面留下齒印，被我罵了一頓。」琇琇非常確定有這件事。

「太好了！我們現在就去找火旺伯。」炳昌說，可以去看看假鈔上面有沒有阿寶的齒印，就可以判斷那到底是不是琇琇的伍佰元。

「對耶！」

「真的是太妙了。」

「炳昌，你好天才喔！」

幾個人不停的褒獎炳昌，然後趁著中午休息時間一起到學校對面去。當然……他們有先跟郭老師報告，郭老師也先打個電話給工友伯伯，讓他在校門口放行這些孩子。

不過，郭老師也瞞著學生，先打了通電話給火旺伯。

「我知道了，郭老師，我會跟孩子們好好談的，不過……」火旺伯接到郭老師的電話，非常訝異他罵的那堆孩子，竟然是郭老師的學生。

「火旺伯有什麼事？」郭老師在電話那頭問著。

「如果真的是孩子們不對，我是不會因為郭老師就隨便鬆手，做人還是要講理。」火旺伯心想，明明道理就是站在他這邊。

「我知道，只是請火旺伯給孩子們一個機會，讓他們把事情說清楚，先不急著生氣。」郭老師好言勸說火旺伯。

「好的，我會做到的。」火旺伯答應了郭老師，炳昌他們幾個也進到了火旺伯餅店。

「火旺伯，我們又來找你了。」炳昌和其他同學都跟火旺伯打了招呼。

「什麼事情？」火旺伯逼著自己耐著性子聽聽孩子們說的，可是心裡想的全不是這麼一回事，表情就有點僵。

「可以請你把那張琇琇給你的鈔票拿出來嗎？」炳昌對火旺伯這麼說，他說有件事要查證。

「好啊！那天的伍佰元鈔票我都還放在這個抽屜裡面。」火旺伯從抽屜裡掏出

一張伍佰元放在櫃台桌子上。

炳昌趴在櫃台上將鈔票翻來翻去的看了一下後，對火旺伯說：「這不是我同學給你的伍佰元。」

「你為什麼這麼確定？」火旺伯不解的問炳昌。

「我同學的伍佰元上面，有阿寶老鼠的齒印。」炳昌把那天琇琇換伍佰元後，把鈔票和老鼠放在同一個口袋，阿寶就在伍佰元紙鈔上，印下非常清楚的齒印，還被琇琇罵了一頓。

「真的嗎？我來看看。」火旺伯非常認真的看了那張他判定是偽鈔的伍佰元，果然上面沒有老鼠的齒印。

「妳同學的伍佰元呢？」火旺伯不解的問道。

「你可以把當天留下來的伍佰元都找出來，看裡面有沒有一張有老鼠齒印的伍佰元，那就是我同學的鈔票。」炳昌解釋得很仔細。

火旺伯真的非常認真的檢查那一抽屜的伍佰元鈔票，過了一會兒說：「真的有一張。」

炳昌和其他同學們都歡呼了起來：

「琇琇真的是被冤枉的。」

「阿寶這下立了大功。」

「這樣伍佰元偽鈔就不是琇琇給的。」

火旺伯整個人臉色通紅，非常不好意思的說：「原來我真的誤會了你們這群小朋友。」

「火旺伯，那可不可以把我同學的伍佰元還給她？她很需要這張伍佰元。」炳昌這麼對火旺伯說。

火旺伯非常迅速的回答：「當然、當然，這張伍佰元是她的，就要還給人家，我真的非常不好意思。」

炳昌把琇琇推到櫃台前，讓她自己從火旺伯的手中接過伍佰元鈔票，琇琇把那張伍佰元抱得緊緊的，小心翼翼的放進口袋。

「真的不好意思，是我的不對。」火旺伯一直跟二年六班的同學們道歉，說是他搞錯了。

「沒關係，我們拿到同學的伍佰元就好。」炳昌也沒有打算跟火旺伯繼續槓上，他們一群人就離開火旺伯餅店、打算回學校。

「琇琇，妳終於拿到妳的伍佰元。」博懷恭喜著琇琇。

「謝謝大家，我的伍佰元終於回來了。」琇琇很開心的說道，不停的摸著口袋的伍佰元。

「可是妳不是要買月餅蛋糕請同學吃嗎？」榮杰想起這件事，他說既然伍佰元是真的，就可以跟火旺伯買月餅蛋糕。

「算了啦！這次鬧成這樣，也不要跟火旺伯買。」惠敏說，琇琇好好留著那張伍佰元還比較有用。

「我也不想吃火旺伯的月餅蛋糕了，他兇了我這麼多遍，就算送我吃月餅蛋糕，我都不要吃。」炳昌驕傲的「哼」了一聲。

「好吧！那就算了，我們回教室去吧！」榮杰想想也是，把錢拿回來還乾脆一點。

回到教室後，同學們聽到這個消息，都替琇琇高興：

「恭喜妳了！」

「伍佰元沒有被貪掉。」

「該妳的還是妳的。」

同學們還說，沒有動到一刀一槍就把伍佰元給拿了回來，炳昌這次真是了不起、厲害到了極點。

「各位同學，這星期是我做班長，這是我應該做的，大家都知道我是一個好班長了吧！哈哈哈……」炳昌非常得意、狂妄的大笑起來。

「是啊！這次我們都學到了，用智慧比用蠻力有用，對吧？」郭老師也很開心的走進教室。

「還好炳昌有想到阿寶的齒印。」惠敏也心服口服的稱讚炳昌，說這真的是一招妙招。

「不客氣！不客氣！我周炳昌就是喜歡以德服人。」炳昌從檄文上學來這句新的成語「以德服人」。

「以後你們有什麼事情，在倉促做下結論之前，都可以找人討論、討論，特別

是找大人討論，他們看事情看得比較多，會知道事情的可行性高不高。」郭老師耳提面命的要二年六班的同學們明白。

「謝謝郭老師讓我們不被警察抓去。」炳昌說他不知道進攻火旺伯餅店搶回自己的伍佰元是結夥搶劫。

「好險，要不然我們全班都要去警察局了。」榮杰心有餘悸的說，這樣阿公、阿嬤一定會被嚇到。

「真的是好險，如果我被抓到警察局去，不知道以後還可不可以當法官？」惠敏也覺得好險。

「各位，這個星期我的班長就當到這裡，這樣大家知道一個好班長該怎麼當了吧？」炳昌一直很想當班長的模範，他覺得自己已經立下一個好榜樣。

可是，他閉眼睛非常陶醉的說時，一張開眼，同學們都沒有在看他，而是專注的望著門口……

「這是怎麼一回事？」炳昌也順著同學的目光往教室門口看去。

原來火旺伯捧著一個超大的月餅蛋糕站在那裡。

「郭老師，真的很不好意思，這次是我不對，誤會了你們班的同學，這是我的賠罪禮。」火旺伯連聲道歉。

「火旺伯，你太客氣了，錢還給我們同學就好，不用拎了月餅蛋糕來，還做得超級大塊。」郭老師這麼說道。

「想說請班上每位同學都吃一大塊月餅蛋糕，比店裡最大的月餅蛋糕還大，是我專門替二年六班的同學做的，當成是我的道歉禮，也祝大家明天中秋節快樂。」火旺伯不斷的對不起。

「好棒喔！結果我拿回我的伍佰元，同學們也都有月餅蛋糕可以吃。」琇琇非常興奮的叫著。

「是啊！我這次學到了，以後不會再這麼主觀，一面倒的堅持我自己以為的真相，很多事情都需要進一步的檢驗。那張偽鈔可能是我在收同學伍佰元時，別人拿給我的，我在忙、結果誤以為是這位女同學給的，還對她和後來的同學們這麼兇，我實在是很丟臉、想到這裡就慚愧得要命。」火旺伯一直道歉個不停。

「吃蛋糕、吃蛋糕、以前的事都不要再提了。」郭老師說過去的事就算了，她

忙著和火旺伯分蛋糕。

「你剛剛說送你月餅蛋糕你都不要吃的喔！」榮杰和博懷不忘記取笑炳昌，要他就坐在位置上看其他人吃。

「這……」炳昌有點後悔話說得太滿。

「好啦！炳昌既然學到了真正的武器是智慧而非蠻力或罵人，這次也是靠他的智慧解決問題，當然要一塊超級大塊的月餅蛋糕囉！」郭老師遞上很大塊的月餅蛋糕給炳昌。

炳昌吞下一大口後，舉著月餅蛋糕跟全班說：「中秋節快樂！炳昌班長大成功！」

這時全班同學愉快的享受著有名的月餅蛋糕，當然還有……

這次作戰計畫最棒的、皆大歡喜的結局。

培育文化

同班同學 07

二年六班的祕密武器

作者　謝俊偉
責任編輯　王文馨
美術編輯　但以理
封面設計　埃西歐

出版者　培育文化事業有限公司
信箱　yungjiuh@ms.45.hinet.net
地址　新北市汐止區大同路三段一九四號九樓之一
電話　（02）8647-3663
傳真　（02）8674-3660
劃撥帳號　18669219
CVS代理　美璟文化有限公司
TEL／(02)27239968
FAX／(02)27239668

總經銷：永續圖書有限公司

法律顧問　方圓法律事務所　涂成樞律師
出版日期　2012年11月

國家圖書館出版品預行編目資料

二年六班的祕密武器 / 謝俊偉著. -- 初版.
-- 新北市 : 培育文化, 民101.11
面 ;　公分. -- (同班同學 ; 7)
ISBN 978-986-6439-91-9(平裝)
859.6　　101018789

※為保障您的權益，每一項資料請務必確實填寫，謝謝！

姓名		性別	☐男　☐女
生日	年　月　日	年齡	
住宅地址	郵遞區號☐☐☐		
行動電話		E-mail	

學歷

☐國小　☐國中　☐高中、高職　☐專科、大學以上　☐其他______

職業

☐學生　☐軍　☐公　☐教　☐工　☐商　☐金融業
☐資訊業　☐服務業　☐傳播業　☐出版業　☐自由業　☐其他______

謝謝您購買本書，也請您與我們一起分享讀完本書後的心得。
務必留下您的基本資料，我們將會提供您新書資料及不定期購書優惠，也歡迎您加入永續圖書線上購物網會員，並享有購書會員價等優惠，也請您繼續給予支持及鼓勵！

●請針對下列各項目為本書打分數，由高至低5～1分。

項目	5	4	3	2	1	項目	5	4	3	2	1
1.內容題材	☐	☐	☐	☐	☐	2.編排設計	☐	☐	☐	☐	☐
3.封面設計	☐	☐	☐	☐	☐	4.文字品質	☐	☐	☐	☐	☐
5.圖片品質	☐	☐	☐	☐	☐	6.裝訂印刷	☐	☐	☐	☐	☐

●您購買此書的地點及店名______

●您為何會購買本書？

☐被文案吸引　☐喜歡封面設計　☐親友推薦　☐喜歡作者
☐網站介紹　☐其他______

●您認為什麼因素會影響您購買書籍的慾望？

☐價格，並且合理定價是______　☐內容文字有足夠吸引力
☐作者的知名度　☐是否為暢銷書籍　☐封面設計、插、漫畫

●請寫下您對編輯部的期望及意見：

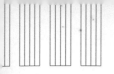

2 2 1 - 0 3

新北市汐止區大同路三段194號9樓之1
FAX：（02）8647-3660
E-mail：yungjiuh@ms45.hinet.net

廣　告　回　信
基隆郵局登記證
隆廣字第200132號

培育
文化事業有限公司

讀者專用回函

二年六班的祕密武器

培 養 文 化 育 智 心 靈 的 好 選 擇